ベリーズ文庫

契約夫婦はここまで、この先は一生溺愛です
～エリート御曹司はひたすら愛して逃がさない～
【極甘婚シリーズ】

未華空央

STARTS
スターツ出版株式会社

目次

契約夫婦はここまで、この先は一生溺愛です
~エリート御曹司はひたすら愛して逃がさない~【極甘婚シリーズ】

ベリが丘タウン
BerigaokaTown Map
病院
国内外から優秀なドクターが集められている総合病院。セキュリティやサービスの水準も高い。
ツインタワー
ベリが丘のシンボルタワー。
低～中層階はオフィスエリアで、高層フロアにはVIP専用のレストランやラウンジがある。最上階には展望台も。
ホテル
全室オーシャンビューテラス付きのラグジュアリーホテル。高級スパやエステも完備している。
ビジネスエリア
BCストリート
N

由緒ある高級住宅街
緑豊かな高台に高級住宅や別荘が立ち並ぶ閑静な町並み。大企業の社長や資産家などがこの地を所有している。
ノースエリア
櫻坂
ベリが丘駅
会員制オーベルジュ
アッパー層御用達の宿泊施設付きレストラン。駅近とは思えない静寂さを感じる隠れ家リゾート。
ショッピングモール
流行りのショップやレストランが集まった人気施設。近くにはヘリポートがある。
某国大使館
大使館で開催されるパーティには、日本の外交官や資産家が集まる。
サウスエリア
サウスパーク
海が望める大きな公園は、街で暮らす人の憩いの場。公園の西側には一般的な住宅街が広がっている。

契約夫婦はここまで、この先は一生溺愛です
～エリート御曹司はひたすら愛して逃がさない～
【極甘婚シリーズ】

プロローグ

欲しくて欲しくてたまらない気持ちを押し留めて、やっと手にできるこの瞬間をどれだけ待ち望んだことか。

だけど不思議なことに、本当にいいのだろうかという躊躇《ためら》いもわずかに感じている。

それだけ彼女を大切にしていきたいという想いの現れなのだろう。

彼女と出会ってから、生まれて初めての感情に戸惑うことばかりだ。

だがしかし、それはどれも心地よく幸せを齎《もたら》す。

「蓮斗《れんと》さん……？」

ぱっちりとした二重の丸い目がじっと俺を見つめる。

その澄んだ瞳の中に自分の姿を見つけ、これから先、彼女の目に一番映る存在でありたいと切に願った。

「澪花《みおか》」

名前を口にするだけで、愛しさが込み上げる。

「はい」と動いた、薄紅色の小さな唇に口づけを落とした。

わずかに揺れた肩にそっと触れ、腕をすべり手のひらにたどり着く。指を絡めて手を握った。

「君の、すべてが欲しい」

自分で口にした言葉で、抑えていたものが一気に解放されたようだった。

そんな俺を、澪花は天使のような笑みを浮かべて抱きしめてくれる。

こんなに誰かを求め、そして愛おしいと思う時が自分にくるなんて、彼女に出会う前の俺は想像すらしなかった。

そう、彼女に出会うまでは……。恋だの愛だの、関心もなかった。

1、クリスマスイブの大失態

街がイルミネーションできらめき、人々が温かそうな装いで行き交う十二月中旬。

駅から真っすぐに伸びるBC《ビーシー》ストリートのイルミネーションは、毎年多くの人々で賑わいを見せる。

等間隔に植わった欅《けやき》の街路樹は細かな青い光をまとい、陽が落ちる時間帯から辺りは幻想的な光景に包まれるのだ。

今年も綺麗《きれい》だな……。

このイルミネーションは、子どもの頃から毎年見てきた。

五年前、この街のツインタワー内にある食品加工会社『ナナキタ食品《しょくひん》』に就職してからは、毎年冬は帰り道にイルミネーションを横切って帰宅している。

クリスマスイルミネーションが点灯されている期間は、綺麗な景色を見ながら帰るのがささやかな楽しみだ。

「ただいまー」

職場からバスで約二十分ほどのサウスパークと呼ばれるところに、私——千葉《ちば》澪花の生まれ育った家がある。

昔は家族四人暮らしだったが、二十七歳の今は二歳年上の姉、萌花《もえか》とふたり暮らし。

父は私が小学生の頃に蒸発し、その後、帰らぬまま亡くなったと聞いている。

母は心臓疾患を抱えており入退院を繰り返していて、現在は二カ月ほど前から隣街の病院に入院している。

「澪花、おかえりー！」

リビングに入ると、今朝同じくらいの時刻に出かけていった姉が対面式キッチンに立っていた。

姉は、私が働くツインタワーからほど近いラグジュアリーホテル『HOTEL《ホテル》 TACHIBANA《タチバナ》』内にあるカフェで、バリスタとして勤めている。

明るく社交的な上、かわいらしい彼女は私にとって自慢の姉。

二重のぱっちりした目と、小ぶりな鼻は母ゆずり。いつもにこにこ笑う前向きな姉を見ていると私も明るい気持ちになる。

「ただいま。早かったんだね」

「うん。この間残業したから、今日は早く帰っていいって言ってもらえて。帰りに買い物してこられたから夕飯作ってるよ、白菜鍋」

「お鍋いいね。今日寒かったしうれしい」

「今日は、ポスティングのバイトは？」

「投函物がないみたいで、お休み」

ナナキタ食品の総務部で真面目に働いているけれど、退勤後は家庭の事情でもっぱらチラシ投函の仕事もしている。学生時代から長く続けているアルバイトだ。

「そっか。じゃ、ご飯食べてゆっくりできるね」

キッチンに引っ込んだ姉から「手洗ってきなー」と声がかかる。

洗面所に入って手を洗いながら、正面の鏡に映る自分の顔に目が留まった。

仕事をして帰ってきた自分の顔が疲労を滲《にじ》ませているのが見て取れる。

人からは姉妹よく似てると言われるけれど、私自身はぜんぜんそうは思えない。たしかに顔のパーツは似ているかもしれないけれど、姉の方が華やかな雰囲気もあるし女性らしい。

髪の長さも同じ胸下ほどのロングヘアだけど、姉は大人の女性らしい雰囲気なのに、私はなぜか幼い印象になる。髪を巻くとかもっと工夫すれば、私ももう少し大人の女性らしい雰囲気になれるだろうか。

母が入院するようになってから、この一軒家で姉妹ふたりきりで暮らすことが普通になってきた。

お互いに仕事があるから、家事は分担。朝食こそ適当に食べていくけれど、夕食はどちらかが作ったり、休みの日に作り置きをしたりして、うまいことやっている。そのほかの掃除や洗濯も同様に協力してこなしている感じだ。

「澪花が帰ってきたら話そうと思ってさ、ちょっと聞いてよ!」

ふたり分の食事の用意を終えたダイニングテーブルに、作ってくれた白菜鍋を運びながら姉が声を弾ませた。

「どうしたの?」

鍋をテーブルの真ん中に置いた姉は、鍋つかみを脱いでリビングのソファに置いてある自分のバッグへと向かう。その中から、はがきサイズほどのカードのようなものを取り出した。

「これ、見て」

「なに?」

クリーム色のカードの真ん中にゴールドで印字された筆記体は、【Invitation】。ラメ交じりの雪の結晶が控えめにデザインされている、センスのいい招待状だ。

「うちのホテルで毎年あるクリスマス交流パーティーの招待状! オーナーが、都合がつかないから代わりに参加したらって譲ってくれて」

「え、あのタチバナで毎年あるパーティー？」

思わず聞き返す。

毎年十二月二十四日、クリスマスイブの日にホテル・タチバナで開催されているクリスマス交流パーティーは、古くからこのベリが丘《おか》で続く歴史あるイベントだ。

この地域は多くの旧財閥が土地を持ち、国内でも有名な高級住宅街として知られている場所。昔は上流階級の人間しか住んでおらず、一般庶民は近寄ることもできなかったと聞いたことがある。

近年になり徐々にこの地域も開けてくると、一般家庭でも購入できる住宅街や、集客につながるショッピングモールができ始めた。

それに伴い移り住む人々も変わってきたけれど、いまだに昔の名残は随所に残されている。

駅から緩やかに続く櫻坂《さくらざか》の先にあるノースエリアの高級住宅地は、入口に大きな門がそびえ立ち、守衛が在中している。関係者以外その先には行くことができないという、私たちのような一般庶民には都市伝説のような場所もあるのだ。

そんな上流階級の人々が集う、クリスマス交流パーティーの招待状だなんて……！

「でね、ふたり分の招待状をいただいたから、一枚は澪花にあげる」

「えっ、わ、私⁉」

「そ、だから一緒に行こう」

姉は上機嫌で言い、食卓に着く。私の席に「これ、渡しとくね」と招待状の一枚を置いた。

「一緒にって、そんなパーティー行けないよ」

一般庶民が足を踏み入れていい場所じゃない。

そんなところに行ったとしても、場違いで居たたまれない気持ちになるだけだ。

「行けないって、どうして？」

「どうしてって……分相応ってものがあるじゃん」

「なーに言ってるの！　そんなこと言ってたら玉の輿には乗れないよ？　庶民にだって、たまにはこういうチャンスが巡ってこないと」

ふたり分の取り皿にできたての白菜鍋を取り分け、ひとつを私へと差し出す。くたっとした白菜と水菜、大きめに切った鶏肉から湯気が立ち上っていた。

「玉の輿って、お姉ちゃんそんなつもりで行く気⁉」

「もちろん。いい人と出会って、人生逆転したいでしょ？　借金を返済する生活ともお別れしたいし」

借金返済――何気なく出てきた姉の言葉に、小さく息をつく。

私が小学生の頃に蒸発した父は、よそに女性をつくり、母と私たち姉妹を残して家を出ていってしまった。

それからこの家に帰ってくることはなく、私が高校三年のときに亡くなったと連絡があったという。

よそで女性と生活していた父は、多額の借金を抱えていた。両親はすでに離婚していたため、返済義務は法定相続人である私たち姉妹に。

心臓が悪い母が当時もしばらく入院していて相続放棄の手続きが間に合わず、その結果、多額の負債を抱えてしまった。

家族を捨て、身勝手に出ていった上に借金を抱え、それも返済せずにこの世を去ってしまった父が今でも許せない。

「とにかく、こんなチャンスこの先待っててもこないんだから一緒に行こう。クリスマスにさ、素敵な人と出会うチャンスかもしれないでしょ？　しかも、セレブなね」

「私はもう恋愛なんてこりごり。ましてや、お金持ちの人なんて私たちのことなんて見下しているよ……」

はっきりとそう主張すると、姉は「もう……」とため息交じりな声を出す。

「澪花、気持ちはわかるけど、いつまでもそんなこと言ってたらダメだよ。こりごり、なんて、じゃあこのまま一生恋愛しないつもり？　そろそろ過去の最低な男は忘れて、新しい恋愛しないと」

男性という生き物には、多く子孫を残そうという本能が備わっていると聞いたことがある。

それは本当なんだなと、私は二度、自ら身をもって体験している。

結婚して家族ができたって、簡単にそのすべてを捨ててよその女性を選んだ父に、私は嫌悪感と不信感しかない。

父親のせいで男性不信になった私が初めてお付き合いした人は、私を大切にしてくれる優しい人だった。世の中、父のような男性ばかりではない。

彼のおかげで、男性を信じられない気持ちは少しずつ癒え始めていた。……はずだった。

でも、それはやっぱり幻想でしかなかったのだ。

付き合って一カ月、二カ月と順調だった彼との付き合いも、三カ月目に入ると徐々に連絡の頻度が減り、デートの約束も向こうの都合で延期を繰り返すようになった。

連絡が減ったことも、会う都合がつきにくいのも、きっと忙しいから。

そう思っていた矢先、彼が私との約束をキャンセルしてほかの女性と一緒にいるところを目撃してしまった。

信じられなかったし、信じたくもなかった。

だけど、それは私に突きつけられた紛れもない事実だった。

『浮気されるってことは、お前に魅力がないってことだろ。俺のせいじゃない。だいたい、付き合い始めて二カ月たってもキスもさせないなんてありえないから。金目あてだったんだろ？』

あのとき言われた言葉は、今でも呪縛のように私の中に残っている。

たしかに、地味で華やかさのない女だという自覚はある。それに、プライベートより仕事が優先だったのも事実だ。男女の関係に進むのが怖くて、何度かそういう雰囲気を出されてもかわしてしまったから、彼は不満だったのだろう。

でも信頼して父や借金の話をしたのに、お金目あてだなんて思われたのは本当にショックだった。

そのことがあって、私は確信した。

やっぱり、男というものはみんな同じ。信じることなんてできない、と……。

「とにかく、私は無理。行かないよ。これ、無駄にしたら譲ってくれた方に申し訳ないし、お姉ちゃん誰か友達でも誘って行きなよ」

「はいはい、わかった。今はそう思ってるかもしれないけど、気が変わるかもしれないしね。とりあえず、なくさないように持っておいて」

姉は話をまとめ、「食べよう」と箸を手にする。

テーブルの端に置かれた招待状にちらりと視線を送り、食事に取りかかった。

『こちらはですね、全長十メートルのクリスマスツリーでして、光の演出が――』

十二月二十四日金曜。クリスマスイブの今日、夕方の情報番組ではクリスマスイルミネーションの中継が流れている。

リビングのこたつに入り、手には淹れたてのホットココア。今日は贅沢にマシュマロ入りだ。

普段の終業時刻は十八時だけど、今日は入院している母に着替えを届ける予定があり、午後半休を取ってお見舞いに行ってきた。

三十分ほど前、ドレスアップした姉は軽い足取りで例のパーティーへと出かけていった。

出かける寸前まで一緒に行こうと言っていたけれど、何度考えても行く気は起きなかった。

いただいたチケットが一枚無駄になってしまったのは申し訳ないけれど、私にはハードルが高すぎる。

今日はひとりでケーキでも食べて、静かにクリスマスイブを過ごそうと思う。

テレビ画面に映し出されるライトアップされたツリーをぼんやりと見つめながら、甘いココアをすすった。


「――ん？」

微睡《まどろ》みの中、ぬくぬくと下半身が温かいのを感じる。

そっと目を開けると、こたつに突っ伏したまま居眠りしてしまったようだった。少し首が痛い。

つけっぱなしだったテレビは情報番組が終わり、クイズ番組へと変わっていた。

「もう七時か……」

どうやら三十分ほど眠っていたらしい。

すっかり温かくなった体で立ち上がり、キッチンに向かう。

パーティーに行った姉は夕食はいらないと言っていたから、適当にひとり分の食事を済ませて、帰りに買ってきたケーキを食べようと思う。

今日は、普段は立ち寄ることもない会社近くの高級パティスリーでクリスマスケーキを奮発して買ってきた。

冬のボーナスはほとんどを借金の返済にあてたけれど、クリスマスケーキくらい贅沢しても罰はあたらないだろう。

冷蔵庫の中を覗《のぞ》き、消費期限が今日の油揚げを手に取る。長ネギと冷凍のうどんをひと玉出し、今晩は簡単にきつねうどんを作ろうとまな板と包丁を用意した。

そのとき、こたつの上に置きっぱなしのスマートフォンが着信し始める。

「電話……？　誰？」

急いで向かったスマートフォンの画面には姉の名前が。もう会場にはとっくに到着している頃だけど、何事だろう？

「はい」

《あ、澪花？　ごめん、お願いがあって》

どこか慌てたような様子の姉。電話の向こうは賑やかな様子がうかがえる。

「どうしたの？」

《お願い！　忘れ物してきちゃったのに今気づいて》
「忘れ物⁉」
《入れたと思ってたメイクポーチ、忘れてきてて》
嫌な予感がする。そう思った矢先、向こうから《お願い！》と必死な声が聞こえた。
《会場まで届けてくれない？》
「ええ？　メイクポーチって、そんなメイク直しするの？」
《するでしょ！　リップも塗り直したいし》
「だ、大丈夫だよ。お姉ちゃん十分綺麗だし、直す必要なんて――」
《一生のお願いだから！　待ってるから、渡してあるチケット持って届けに来て》
「ちょっ、本当に言ってるの？」
《そんなに嫌なら届けてくれたらすぐに帰ってもいいから、ね？　お礼は必ずするから、お願いね！》
「え、ちょっ」
あっという間に通話は終わり、しんと静かなリビングでひとり息をつく。
「届けてって、本当に……？」
リビングの時計に目を向けると、時刻は十九時十五分を指している。

キッチンに戻り、冷蔵庫から出した食材をもとあった場所に戻した。

クリスマスイブの夜は、今にも雪が降ってきそうな冷たい空気に包まれていた。

大通りに出ると、ちょうどホテル方面に向かう路線バスがやって来たのでそれに乗り込んだ。

バッグの中には、洗面台に置き去りにされていた姉のポーチ。そして会場の中に入らないといけないかもしれないことを考慮して、渡されていた招待状も一応持参した。入口で手渡せたらいいのだけれど、どんな状況になるか予想がつかないから念のためだ。

仕事から帰って部屋着に着替えていたけれど、高級ホテルにそんな格好で行くわけにはいかないので、今日仕事に着ていったブラウスにタイトスカートという地味な通勤服に着替え直して家を出た。

ホテル最寄りのバス停は、イルミネーションを楽しみに来たらしい多くの人で賑わっていた。

ちょうど一週間前からクリスマスマーケットが開催されていて、クリスマスイブの今日はいっそう盛り上がりを見せている。

温かそうなホットワインを両手に包んでいる人たちが目に映り、ポーチを届け終わったら一杯飲んでいこうかなとふと考えた。

カップルや家族連れ、楽しそうに連れ立って歩く人たちの邪魔にならないよう、バスを降車し足早に会場を目指す。

大きく開け放たれた門からは、その先にそびえる建物へと向かって対向二車線の道が続く。

その脇を歩き進みながら、気合いを入れるように冷たい空気を吸い込んで深呼吸をした。

ホテル・タチバナには、姉がラウンジでバリスタとして勤めている関係で数度訪れたことはある。でも、毎度ここに入るときは緊張を伴う。

こんなふうに仕方ない事情でもない限り訪れることはない。できれば今だって行きたくないわけで……。高級ホテルの敷居をまたぐ身分ではないからだ。

近づく正面エントランス脇には、制服に身を包んだホテルスタッフが待機している。中に入ろうとしたら『お客様』と呼び止められるのではないだろうかと、毎回ビクビクしながらエントランスのガラスドアを入っていく。

すぐ正面に、大きな白い噴水が出迎える。大理石彫刻の立派なビーナスが大きな水瓶を持ち、そこから水があふれ出ている。

室内とは思えない迫力に来るたび一瞬足が止まりそうになるけれど、ここを訪れた目的を思い出して周辺をキョロキョロと見渡した。

パーティーの会場はどこだろう……？

ロビーラウンジでは、それらしい装いの人々がちらほら目に入る。

誰かに聞いた方がいいかと思い始めた矢先、エレベーターホールへ導くように置かれた案内板が目に飛び込んできた。

パーティーは、ホテル二階で行われているらしい。

スーツやドレスに身を包んだ人々に紛れ、エレベーターに乗り込む。まだ会場に到着していないのに、すでに場違い感が半端ない。

エレベーターはすぐに二階で扉が開き、乗り合わせていた着飾った人たちは全員降りていった。

最後にエレベーターから出て、少し距離を取って降りていった人たちの後に続く。

しばらく進むと、パーティー会場と思われる受付が見えてくる。

そこまで行く勇気がなく、廊下の端に寄ってスマートフォンを取り出した。

ここまで出てきてくれたらいいんだけど……。お姉ちゃん、電話気づいて。

しかし、呼び出しに姉はなかなか応答しない。しつこく鳴らしても通話はつながらず、あきらめてスマートフォンをバッグに収めた。

ちょっと待ってよ、電話がつながらないなら中に入って捜さないとダメな感じ?

一応チケットは持ってきたけれど、できれば入らず帰りたい……。

その場で粘って数分待ってみたものの、姉から電話がかかってくる気配はなく、仕方なくバッグの中からチケットを取り出す。

会場近くでひとり佇んでいる私へ、不審そうに見る目がちらほら向けられ始めたからだ。

これ以上怪しまれないためにも、早く姉に会ってポーチを渡して立ち去りたい。

意を決して受付に向かい、チケットを差し出す。

芳名帳に記入を済ませると、ゴールドのひいらぎの葉のコサージュを手渡された。

パーティー参加者の証明として着用するらしく、コートの中に着ているブラウスの胸もとにつける。

コートや手荷物などをクロークで預かると言われ、すぐに帰るし必要ないと思ったけれど、その場の雰囲気にのまれてコートは預かってもらうことにした。

開け放たれたパーティー会場の広間に入ると、中の様子にハッと息をのんだ。

高い天井の大広間中央には大きなクリスマスツリーが飾られ、会場はクリスマスムード一色。着飾った人々はお酒や食事を手に社交の場を楽しんでいる。

立食形式のようで、ところどころに用意されたフードやスイーツはクリスマスを意識した美しい見た目だ。

お姉ちゃん、どこにいるの……？

パーティーを楽しむ人々の邪魔にならないよう、足早に会場内を見て回る。

周囲は美しく艶やかなドレス姿の女性ばかりなのに、ブラウスにタイトスカートという地味な通勤服で訪れてしまった私は完全に場違い極まりない。

早く姉を見つけてこの場を去ろうと気持ちが急く。そんなとき――。

「あっ……！」

ガラスが重なり合う音がしたと思った次の瞬間、腕や胸が冷たくなる。絨毯《じゅうたん》の床にグラスが落ちて転がった。

「ご、ごめんなさいっ」

やってしまった。

頭の中にまず浮かんだのはそのひと言。私の前方不注意で、ドリンクサービスを行っているフロアスタッフとぶつかってしまった。

慌てて床に落ちたグラスに手を伸ばす。上質な絨毯のおかげか、幸いグラスが割れるということはなかった。

でも、周辺を盛大に濡らしてしまったことに変わりはない。

「お客様申し訳ございません。おケガはございませんか？」

「私は大丈夫です。すみません、グラスと絨毯が」

拾ったグラスを手に、どうしたらいいのかとおろおろする。

「本当にすみません！　割れてはいないようですが、絨毯を汚してしまい……」

「こちらは問題ございません。お客様、お召し物が――」

「私のことはかまいません、床の掃除をさせていただきますので――」

そんなやり取りをしていると不意に背中に誰かの手が触れ、驚いて振り返る。

目の前にスーツとネクタイの胸もとが現れ、見上げた先には見知らぬ男性の顔。

その美しい横顔に一瞬目を奪われた。整っていて、まるで彫刻のよう。流れる黒髪はきっちりとセットして整えられている。

男性は速やかに自分のスーツのジャケットを脱ぎ、私の肩にかけた。

なぜだろうと思って自分の姿を見下ろすと、結構盛大にブラウスが濡れて体に貼りつき、中の下着が透けて見えていたのに気づいてギョッとした。

この男性はそれに気づいて、ジャケットをかけてくれたのだ。

「服を汚してしまったのはこちらの不注意です。こちらへ」

「え？　あ、あの」

男性は私の背を押し、今さっき入ってきた会場出入口へと向かっていく。

周囲の人々の視線を集めていることに変な汗が背中にじわりと出てきて、どこを見ればいいのかわからず目が泳ぐ。

「衣装室は空室か」

会場を出ていくときに近づいてきたホテルスタッフと思わしき女性に、男性は慣れた様子で問いかける。女性は「はい、空いております」と答えた。

「使いたい。ヘアメイクもひとり手配してくれ」

「かしこまりました」

女性はテキパキと私たちを先導していく。

「あ、あの、私は大丈夫ですので」

「その状態では、パーティーに出席し続けるのは難しい」

「いえ、あの、私は――」

言いかけて、パーティーに出席していたわけではないと言うのもどうなのだろうと言葉を引っ込める。

じゃあなにしてたんだって話だし、忘れ物を届けに訪れてあんな騒ぎを起こしたなんて迷惑すぎる。

そんなことをうだうだ考えているうちに、同じ二階フロアの部屋へと案内される。

女性の開けたドアの先に背を押されたまま入っていくと、そこはたくさんのドレスやスーツが吊るされた衣装室だった。部屋の端にはヘアメイク台も用意されている。

「どれでもかまわない。気に入ったものに着替えるといい」

「えっ、いや、そんな。本当に、大丈夫ですので」

「こちらのミスだ、遠慮はいらない。ああ、申し遅れた」

なにかを思い出したように。男性は懐に手を入れる。出てきたのは革張りの名刺ケースで、そこから一枚抜き出した。

「怪しい者ではない」

男性はそう言って私に名刺を手渡すと、飾られているドレスに近づいていく。

受け取った名刺を見て、目玉が落ちるかと思うほど驚いた。

この人、タチバナの社長……⁉

名刺には【TACHIBANA GROUP《グループ》 代表取締役社長 橘《たちばな》蓮斗】とある。

世界的に知られる有名ホテル企業のタチバナを率いる若社長……間違いない。驚愕で名刺を凝視してしまう。

旧財閥・橘家の御曹司であるということは誰でも知っているくらい有名だけど、ほとんどメディアに出ないためどんな人物かは謎に包まれていた。

こんな見惚れるような容姿の男性だったなんて。

あまりの動揺で、手にした名刺を納めることもままならない。

「どういうものが好みか教えてほしい」

そんな状態の私におかまいなく、橘社長はかけられているドレスを手に取っていく。

こちらに向かって「これは?」と次々とドレスを見せるけれど、私は答えることができず困惑するだけ。

遠慮はいらないと言われても、こんなふうに気遣ってもらう立場ではない。むしろ、会場を汚して迷惑をかけた身なのに。

「これなどどうかな? 似合うと思うが」

ブラックのカクテルドレスを手に取り、私に向かって見せる。

艶のある素材だけれど控えめに見える膝丈で、表面にチュールをまとっていて遊び心もある。

デザイン性が高く、ひと目見て「素敵……」と思った。

「気に入ったようだな」

「え……」

気持ちが表情に出てしまっていたのかもしれない。

橘社長は私のもとまで来ると、ドレスを差し出し、「着替えはこっちだ」と部屋の奥へ向かっていく。

反射的に受け取ってしまったドレスを手に、彼の後を追いかける。

「あの、本当にこんな」

「汚してしまった服は早くクリーニングに出した方がいい。預かろう」

「いえ、帰って適当に洗濯しますので」

クリーニングに出すようないい服ではない。ネットに入れて洗濯機で十分だ。

「わかった。着替えが済んだら出てきてほしい」

「え、あ……」

橘社長は私を試着ルームに入れ、足早にその場を立ち去っていく。

ひとりになり、仕方なく試着ルームのドアを閉めた。

あれよあれよという間にここまで連れてこられちゃったけれど、本当にこのドレスに着替えていいのだろうか。そもそも私の不注意でこんなことになったのに、ここまでしてもらう必要があるはずもない。

それにしても、声をかけてきたのがこのホテルの代表取締役だなんて思いもしない。スタッフに代わって謝罪したり、この場所の手配なんかも指示したりしていたけれど、まさか社長だなんて……。

手に持ったままのドレスをよく見ると、海外のハイブランドのドレスだということに気づいてしまう。途端にずっしりと重たく感じてしまい、着用することがより躊躇われた。

どうしようと立ち尽くしていると、外からドアがノックされる。

「着替えられたか」

「え、あ、すみません、まだです」

「そうか。ゆっくりでいい」

どうやらこの前で待っているようだ。もうどうしようかと悩んでいる場合でもない。

観念して、ドレスに着替え始める。服を着るだけなのに心拍を乱して緊張した経験はなく、細心の注意を払って袖を通した。

「わぁ……」

全身が写る鏡を前に、ドレスを身にまとった自分の姿に思わず声が漏れる。

こんなに洗練されたドレスを着用した経験はないから、私のような庶民でもここまで素敵に変身できるとは驚愕。

だから、スタイルもよく美しい女性が身にまとえば、誰もが見惚れる仕上がりになることは間違いない。

「すみません、着替えました」

出ていくと、試着ルームの前には黒いシャツに黒いパンツ姿の女性がひとり。私を待ち構えていた様子で「こちらにどうぞ」と案内される。

試着ルームすぐ横のヘアメイク台の椅子を引かれて、戸惑いながら腰を掛けた。

女性は「失礼します」と私の髪に触れ、慣れた手つきでヘアアレンジをしていった。

それから約数十分後——。

鏡の中の人は誰だろうと思うくらい、私は自分の姿にぼうぜんとしていた。

これが、私……？

普段はなにもしない髪を巻いてアップスタイルにし、メイクもプロが施した顔立ちがはっきりする仕上がり。唇もツヤっとみずみずしく光っている。

自分ではベースと、簡単なアイシャドウとマスカラ程度のメイクしかできない。

だから、こんなふうにフルメイクをした自分には初めて出会った。

これなら、少しはこんな素敵なドレスを身にまとうのも許されるかな……。

鏡越しに目が合い、じっと見つめられる。

ヘアメイクが間もなく仕上がる頃、橘社長は再び姿を現した。そしてその後は私の後方でできあがりを待っていた。

「よく似合っている。美しい」

さらりと出てきた言葉にどきんと心臓が音を立てる。

美しい男性にそんな言葉をかけられるなんて破壊力が半端なくて、慌てて鏡の中の彼から目を逸らす。

いや違う！　美しいのは私じゃなくてこの高級ドレスのこと。なにを自分のことだと思って意識してるの。

「失礼」

どう反応したらいいのか困惑し、間が持たなくなっていたタイミングで、橘社長はスーツのポケットからスマートフォンを取り出す。

再び着信が入ったらしく、彼は「すぐに戻る」とまた部屋を出ていってしまった。

ひとり部屋に取り残され、ふっと現実世界に舞い戻ったような感覚に陥る。

いけない、私はなにをしているの⁉

姉の忘れ物を届けに訪れ、どこをどう間違えてこんな大変身をさせてもらったのか。

急に焦燥感に襲われて、椅子から立ち上がり自分の荷物に飛びつく。

早いところここから出ないといけない。

その思いだけでバッグから財布を取り出し、持っているありったけのお札をテーブルに置く。

間違いなくこんな金額ではドレスの足しにもならないけれど、代金は後日でも払いに来なくてはならない。

財布をしまい、その代わりに手帳からメモを切り取りペンを手にした。

お札の言葉と、ドレスのお代は支払いに訪れると書き残す。

用意できたお金とメモをヘアメイク台の上に置き、自分の荷物を持って衣装室を後にした。

2、利害一致の契約結婚

翌日、クリスマス。

私は月に一度ある土曜日出勤で会社を訪れていた。

食品加工会社で顧客の口に入るものを扱うため、万が一緊急の問い合わせやクレームがあった場合に備え、全社員持ち回りで土曜対応する決まりになっている。

こんな日に仕事に出たい人は少なく、事前に出勤可能と提出していた私は案の定出勤日となった。

別にクリスマスだからといって特別な予定もない。なんら変わらない、いつもの土曜日だ。

でも今朝は、いつも通り出勤して、社員証がなくなっているというトラブルに見舞われた。

昨日まではちゃんとバッグについていたのに、どこで落としてしまったのかまったく覚えておらず、仕方なく人事部に行って再発行をお願いした。新しい社員証を手にするまで少し時間がかかるから、それまでは不便な思いをしそうだ。

会社からの帰り道で落としたか、それとも、クリスマスパーティーの会場で落としてしまったのか……。

昨日は逃げるように帰宅し、しばらくなにもできずリビングのソファに掛けていた。急な展開にどっと疲れが押し寄せた感じだった。

その後少し落ち着くと、自分の姿を鏡に映して観察した。

ドレスも、ヘアメイクも、何度確認しても普段の自分とは一致するところがなく不思議で、時間の許す限り変身した姿を目に焼きつけた。

その後、入浴して再び自分の姿を鏡で見ると、いつも通りの私に戻っていた。

数十分前の自分は幻だったかのように、まるで、魔法の解けた後のシンデレラのようだと思ってしまった。

もと通りの自分に戻ると、気持ちも現実に一気に引き戻され、着て帰ってきたドレスの支払いのことで頭がいっぱいになった。

調べてみると、普段自分が着るような服とはゼロの数がふたつも多いハイブランドのドレス。

返済中の借金のほかに出費が出るのは痛手だけど、自分が招いた出来事の結果だから仕方ない。今日の帰りにホテルに寄って支払いをしてこようと思っている。

そんなことになっていたなんて知らなかった姉は、私を待ちながらパーティー会場内で食事を楽しんでいたという。

トラブルを起こし届けられなかったと事情を話したら、実はポーチを持ってきてほしいというのは嘘で、本当は私を連れ出すためだったと言った。

まさか呼び出すためにあんな小芝居を打っていたなんて思いもしなかったけれど、姉がパーティーを楽しめていたようで結果オーライだ。

「千葉さん、受付に来客だって」

同じ部署の同僚から内線の知らせを受けて手を止める。

ついでにお昼休憩へ先に行っていいと言われ、財布を持って部署を後にした。

私に、来客……？

今日は土曜日だし、とくに約束もしていない。

誰だろうと思いながら会社入口に出ていき、そこに立って待っていた姿に思わず足が止まった。

な、なんでここに……⁉

上背のある三つ揃《ぞろ》え。なにより、均整の取れた美しい顔は忘れるはずもない。

出てきた私に気づいた男性は微笑を浮かべ、こちらに向かって会釈をした。

わけがわからないまま会釈を返し、その姿に近づいていく。

私を呼び出した来客というのが、昨日ホテルで親切にしてくれたあの橘社長だということに驚きながら。

「昨晩は大変お世話になりました」

開口一番、昨日のことへのお礼の言葉が勝手に口から出た。

どうしてここに彼が来たのかと考えて、すぐに思いあたる。ドレスのお代の件だ。

「すみません、後ほどお伺いしようと思っていました。ご足労いただいてしまって」

謝罪も込めてそう伝えると、男性は小首をかしげて微笑を浮かべ直す。

「ということは、これを落としたことに気づいたのか?」

「あっ、私の社員証……！」

まさか彼が持っているとは思わず、つい大きな声で反応してしまう。

「昨日、衣装室に落ちていた」

「そうでしたか。えっ、では、わざわざ届けに?」

「ああ。ないと困るだろうと思ってな」

なんということだろう。

昨日さんざん迷惑をかけておいて、忘れ物まで届けてもらうことになるなんて。中し訳なさすぎてくらくらしてきた。

「本当にすみません。忘れ物まで届けていただいて――」

「そんなことはかまわない。それより」

私の声を遮るようにして、男性は私に一歩詰め寄る。

急に距離が近づいて、反射的に体を反った。

「昨夜はどうして勝手にいなくなってしまったんだ？」

「え……」

どうしてって、そんなことを聞かれても困る。

そもそもあのパーティーに行くつもりはなかったし、仕方なくお使いを頼まれて訪れただけだ。望んで出席していたわけではない。

「もう少し話をしたいと思っていたのに、戻ったら姿がなかった」

「あ……あの」

さらりと出た言葉に動揺したところで、お昼に出かけるのか受付を通りがかった人と目が合い、一気に気まずくなる。

「あ、あの……外に出ませんか？」

彼にそう提案し、会社を後にした。

無言のままエレベーターに乗り込み、一階まで降りていく。

ツインタワーオフィス棟の一階エントランスホールは、土曜日ということもあり人の出入りは格段に少ない。

エレベーターから出て、エントランスホールの目立たない隅で足を止めた。

「すみません、場所を移していただいて」

さっき言っていたことは社交辞令だとしても、会社の人間が聞こえる場所で話すのは気が引ける。

「かまわない。で……さっきの答えがまだ聞けていないけど」

「あっ……」

まさかそこを追及してくるとは思わず、あからさまに困った顔を見せてしまう。

でも、橘社長はなぜだか口角を上げる。それがどこか意地悪っぽい笑みで、どきりと鼓動が高鳴った。

「そんなに俺が嫌か？　話したかったと、結構ストレートに言ったつもりだけど」

えっ、ええ？

「い、嫌とかそういうこと以前に……困るんです！」

「困る？　なぜ」

どうしてこんなに聞き出そうとしてくるのか、わけがわからない。

でも、真っすぐに見つめられていて、答えるまで逸らしてもらえない気がしたので、仕方なく口を開いた。

「それは……どちらかというと、苦手だからで……」

「苦手？」

「はい。男性が……」

語尾が消えていく。こんなこと、ここで告白しているのもよくわからない。

でも、本当に男性はもう極力避けて生きていきたい。それに加え、生きる世界の違う人だ。こうして立ち話をするような身分の相手ではない。

「苦手、か。理由はわからないが、俺はあなたに興味を持った」

「えっ？」

聞き間違いかと思い、思わず失礼な反応を取ってしまう。

そんな私にも、橘社長はふっと笑みをこぼした。

「幼少期から、興味を持ったことはとことん追求するタイプなんだ」

彼の口から出る〝興味〟という言葉に困惑が広がる。

私に興味を持ったって、この方に興味を持たれるようなことした？　なぜ……⁉

「まぁいい。仕事中に悪かった。今日の業務は何時までだ」

「定時の十七時半までですが」

「その後の予定は」

「予定は、とくには……」

答えると、橘社長はスマートフォンを取り出して画面に目を落とす。

「わかった。十七時半にここに迎えに来よう」

「えっ？」

「昨日話せなかったぶん、少しあなたと話がしたい。時間をもらえないか？」

まさか改めて時間が欲しいと言われるとは思わず、驚いて返事が出てこない。

「なぜ？と思ってはいるけど、全力で拒否をするというわけでもなさそうだな。嫌ならこの場所を避けて帰ればいい」

そういう言い方はズルい。

でも、はっきりきっぱり今この場で断りの言葉が出てこない私が悪い。うまく丁重に伝えられたら話はここで完結するのに。

そう思っているうちに、橘社長は「じゃ」と私の前から颯爽と立ち去っていく。

「あ、あの」

なんとか振り絞ってそう声をかけたときにはもう、彼に声は届いていなかった。

パソコン画面の右下に表示される時刻は、間もなく十七時十五分。

仕事が一段落した十七時を目前にした頃から、そわそわと落ち着かない気分に襲われ始めた。

本当に、またこの下に来るのだろうか……。

お昼休憩に私の落とし物を届けに来てくれた橘社長。昨日パーティー会場で会った彼と、まさか翌日に再び会うことになるとは思いもしなかった。

終業時刻に迎えに来るなんて言っていたけれど、いまだに半信半疑でもある。

話がしたいなんて、私からすれば意味がわからないからだ。

『嫌ならこの場所を避けて帰ればいい』

彼はそうも言ったけれど、本当に帰ってもいいのだろうかと悩んでいる。

自分の気持ちだけを突き通せば、このまま顔を合わせず帰ってしまいたい。男性と話すのはやっぱり苦手だし、関わりを持ちたくないから。

だけど、予告されているにもかかわらず、それを避けて帰るのはあまりにも不誠実ではないかと思ってしまう。

やっぱり一度は顔を合わせて、お話しできることはないと断らないと失礼だ。

そんなふうに思っていたとき、デスクの片隅に置いてあるスマートフォンが振動し始める。

表示された発信元の名前が母親の入院する隣町の病院で、慌ててスマートフォンを手に取った。

病院からの緊急の連絡は、勤務中の応対が難しい姉ではなく、デスクワークで融通がききやすい私が第一連絡先になっている。

病院から電話がかかってくることは基本的にはない。なにか緊急の事態にしか連絡はこないものと認識しているから、嫌な胸騒ぎを覚えた。

「はい、千葉です」

《千葉さんの携帯電話でしょうか。深緑台《しんりょくだい》総合病院です。先ほどお母様が発作を起こされまして、治療対応中なのですが、来ていただくことは可能でしょうか？》

恐れていたことを告げられ、心拍数が上がっていく。

「あの、母は、大丈夫なのでしょうか？」

《現在は安定し始めています。ですが、今後のことに関して医師からも話がありますので》

「わかりました。すぐに向かいます」

病院との通話を終わらせ、上司に声をかける。母親の病院から呼び出しだと話すと、もう終業時間間近だし気にせず向かっていいと言ってもらえた。

お言葉に甘えてバッグとコートを掴《つか》んでオフィスを飛び出す。

安定しているという言葉にホッとはしたけれど、こういうことは過去に何度もある。

遺伝的な心臓疾患を患っている母が受けるべき手術は、今の病院では難しいと説明されている。その上、心機能が弱いため、相当な設備と人員の整った病院でないと術中の管理が困難だという。

以前、渡米しての手術を提案されたこともあったけれど、金銭面から断念せざるをえなかった。

エレベーターが一階にやっと着き、コートを羽織って足早にエントランスホールを出口に向かう。

急いでいるし、駅周辺でタクシーを拾って隣町まで行こうと思ったときだった。

出ていこうと目指す自動ドアの先から現れた姿にハッとする。

今さっきまでどうしようかと考えていたのに、母の病院からの一報ですっかり頭からすっ飛んでしまっていた。

でも、今ゆっくり話している暇はない。

「どうした、なにか急用でも？」

対面した橘社長は、足早にやって来た私の様子に勘が働いたのかもしれない。

そう聞かれて「はい」と目を見てうなずいた。

でも、足は止めない。「ごめんなさい」とだけ言い、そのままエントランスを出ていく。

そんな私の横に並んで歩きながら、橘社長は「急いでいるなら送ろう」と言った。

「いえ、そんなわけには。大丈夫です、タクシーで」

「タクシーを見つける方が時間がかかる。今日はクリスマスだからつかまりにくい」

そう言って私の手首を掴んだ。

急なことに驚いたものの、「車で送ろう」とそのままタワー前の路上パーキングに手を引かれていく。

「あの、私は大丈夫ですので」

「相当動揺しているのが顔に出てる」

「えっ」

「昼間会ったときとは様子が違うことくらい見ればわかる。いいから、頼れ」

連れていかれたのは磨かれた黒塗りのセダン。現れた高級外車におののく。

橘社長は助手席のドアを開け、「乗って」と私から手を離した。

遠慮もうまく伝わらないまま、結局車に乗せてもらうことになってしまった。

間もなく運転席に橘社長が乗り込む。

「行き先は？」

「あ……」

「急いでいるんじゃないのか？」

「……はい。隣町の、深緑台総合病院です」

私からの返事で、橘社長はハンドルを握る。「シートベルトを」とだけ言い、すぐに発進させた。

ツインタワー前から、車はイルミネーションが美しい大通りのBCストリートへと差しかかる。

クリスマス当日だけあり、昨日同様多くの人が訪れている。週末というのも相まって、交通量が多く少し渋滞しているようだ。橘社長が言った通り、この様子では駅前のタクシー乗り場に行ってもすぐにつかまらなかったかもしれない。

橘社長が運転する車は裏道に入り、渋滞を回避して先を急ぐ。

「あの、すみません。こんな、昨日会ったばかりの私のために車を……」

「隣町の病院に急ぎとは、身内か近しい人間でもいるのか」

「はい。母が、入院していて」

こうして送り届けてくれている相手に隠すのは失礼だと思い、病院に向かう理由を告げる。

「お母様が？」

「心臓が悪くて、入退院を繰り返しているんです」

「オペは」

「今入院している病院では、難しいと言われています。執刀できる医師がいない、と。なので、現状維持といいますか……」

そこまで話すと、橘社長の「そうか」という声を最後に車内には沈黙が流れる。

橘社長の気のきく判断で、抜け道を通り隣町まで向かってもらったため、病院までの時間は通常より早く感じられた。

車は病院内のロータリーまで入り、正面玄関前で停車する。

「ありがとうございます」と言いながら助手席のドアを開けた。

ドアを閉める前に車内を振り返る。

「本当に、ありがとうございました！　大変助かりました」

「礼はいい。早くお母様のもとへ」

「はい！」

ぺこりと頭を下げ、ドアを閉める。最後にもう一度声に出して「ありがとうございました」と言って病院玄関へと駆けていった。


クリスマスを終えるとあっという間に大晦日となり、新しい年を迎えた。

お正月休みも過ぎ去り、またいつもの日常が始まった一月上旬。

昼休み、私はひとりオフィス棟二階にあるコンビニエンスストアにいた。

ランチは基本、節約のためお弁当を持参している。今日はどうしても淹れたてのコーヒーが飲みたくなって、コンビニの一杯百二十円のコーヒーを買いに来た。

二階から続くテラスに出てみる。今日は一月とはいえ冷たい風が吹いていることもなく、太陽も出ていて暖かく感じられ、ここでランチを取ることに決めた。

温かいコーヒーに口をつけながら、ふと見渡した視線の先にホテル・タチバナの立派な建物が目に入る。

昨年末のクリスマスの一件はまるで夢の中の出来事だったかのように、あれから橘社長とは会っていない。

母の容態は落ち着いたものの、年末年始は普段とは違う冬休みだった。病院に何度も通ったし、新年を祝うムードは皆無で、なんだかんだバタバタと過ぎていった。

仕事が始まってからやっと自分のことを考える余裕ができて、結局まだクリスマスのドレス代の支払いができていないことにハッとした。

橘社長本人に会わなくても、ホテルに出向いて支払いを申し出れば問題ないはず。

今日は残業はなさそうだから、帰りにあそこに立ち寄って支払いを済ませてこようと思う。

そんなことをぼんやりと考えていると、コートのポケットの中でスマートフォンが音を立てた。

着信の画面には、珍しく母の名前が表示されている。

「もしもし？　お母さん？」

《澪花？　仕事中？　今、大丈夫？》

「うん、大丈夫だよ。どうしたの」

そう答えながら、母の声の調子がいいことにホッとする。

《あのね、近いうちにベリが丘総合病院へ転院できるかもしれないって先生が》

「えっ？　ベリが丘総合病院に？」

《あそこならオペしてもらえるって聞いていたでしょ？》

「うん、それは聞いていたけど、本当に？　よかった、ずっと希望してたもんね」

今の病院では、設備的にも人員的にも母の心疾患のオペは難しいと言われ、現状維持の状況が続いていた。ベリが丘総合病院に転院ができればオペをしてもらえるだろうとは聞いていたけれど、なかなかその機会が巡ってこなかったのだ。

《そうなの。先生が紹介状を書いてくれるみたいだから、まずは向こうの病院で検査をしてもらうことになって。検査の日、萌花か澪花、付き添ってもらえるかしら？》

「わかった。お姉ちゃんにも聞いてみて、仕事の都合がつく方が一緒に行くようにするね」

吉報に安堵しながら母との通話を終わらせた。

連絡があった数日後、母の付き添いでベリが丘総合病院を訪れた。

初めて訪れるベリが丘総合病院は、外来受付から普通の病院とは違って圧倒された。

病院というよりは高級ホテルのようで、カウンターの向こうにいるスタッフはホテルスタッフのような制服を身に着けている。

院内は自然光が多く入り込む明るく開放的な造りで、建物は病院だというのを忘れてしまうような近代的なデザイン。検査の手続きを受付で待っている間に手に取った病院案内のパンフレットには、有名建築デザイナーが建物を手掛けたと紹介があった。紹介状を持参しての診察は予約時間通りスムーズに進み、私は母が検査の間、院内を見学して歩いていた。

深緑台総合病院に比べると、病院の規模も設備も格段に違う。ここに転院して適切な処置を受けられたなら、母は入退院を繰り返している今の生活から解放されるかもしれない。

「千葉さんのご家族様」

検査センターに戻ってきたとき、薄いブルーのスクラブ白衣を着た女性に声をかけられた。胸もとのネームタグには〝看護師〟とある。

「はい、千葉です」

「すみません、少しお時間よろしいでしょうか。転院するにあたり、一点確認がありまして」

近づいてきた看護師は、業務用のスマートフォンと思われるものに目を落とす。

「入院の病室についてなのですが、ご希望されている大部屋がちょうど埋まってしまい、個室のみのご案内となります。問題ないでしょうか？」

「個室、ですか」

まさか希望する病室に空きがないという事態を受けて、その場で即答することができない。

ベリが丘総合病院の個室なんて高額だろう。我が家が利用できる場所ではない。病院側も誰でもが利用できると思っていないから、こうして確認を取るのだ。

「あ……すみません、家族とも相談したいので、少しお時間いただけますか？」

自分ひとりで答えを出すことはできず、その場では返事を保留にさせてもらった。

「えっ？　どういうことですか？」

ベリが丘総合病院で母が検査を受けてから一週間もしないうちに、私は病院から連絡を受け、驚きの声をあげた。

昼休みが終わる寸前、自分のデスクに着いて午後からの仕事の確認をしていたところでスマートフォンが振動した。

発信元はベリが丘総合病院。通話に応じると、相手は検査時に入院部屋の確認を取りに来てくれた看護師だった。

《費用の件ですが、医師の知り合いの〝タチバナさん〟が負担されるとのことなので、転院の手続きを取らせていただきます》

突如そんな話をされ、思わず動揺の声をあげて同僚たちの驚きの視線を集めてしまった。

《こちらは転院日の調整には応じられますので、千葉様のご都合に合わせてご相談ください》

もう転院は決まった流れで話をされ、私の方は「は、はい。わかりました」と返事をするしかなかった。

通話を終え、しばらく混乱する頭を整理する時間を要した。

〝タチバナさん〟って、橘社長だよね……?

職場を後にして、真っすぐ向かったのはホテル・タチバナ。

クリスマスイブの日に来て以来だ。

ドレス代を返さなければと思っていたので、橘社長がここにいれば話は早い。でも、きっと多忙な毎日を送っている人だ。不在の確率の方が高いはず。

それでも頭の中で話す内容を整理してまとめる。

正面玄関までのクリスマスイブの日のようにひとり歩き進めていくと、ガラス張りのエントランスから颯爽と姿を現したスーツの長身に気づき、思わず足が止まった。

まるで私がここを訪問することを知っていたかのように、橘社長はやって来た私に驚くこともなく、ゆったりとした足取りでこちらに向かって歩いてくる。

私の方が驚いて、その場で固まってしまった。

「来ると思ってた」

「お話があり、伺いました。それから、先日のドレスのお代も」

用件を伝えると、彼は端整な顔に笑みを浮かべる。

「立ち話もなんだ。こちらへ」

そう言って踵を返し、ホテル内へと入っていく。

社長である彼に、ベルボーイはすべての動きを止めて丁寧に頭を下げる。

橘社長を訪ねた私に対しても同じように挨拶をしていて、途端に緊張感に包まれた。

エントランスをくぐっても同様に、顔を合わせるスタッフは皆足を止め頭を下げる。

橘社長はエレベーターに乗り込み三階で降りると、絨毯の廊下をどんどん進み、やがてスタッフしか通行できない専用通路に入る。

足を止めた部屋の前でカードキーをかざし、黒いドアを開けた。

「どうぞ」

目に飛び込んできたのは、黒い革張りのソファセット。奥にはデスクが見える。ブラックで統一された落ち着いた雰囲気の部屋は、このホテル内にある橘社長の仕事部屋のようだ。

「失礼、します……」

「掛けて」とソファを勧められ、おずおずと腰を下ろす。

さっきまで話すべきことを頭の中でまとめていたのに、すっかり吹っ飛んでしまっている。焦りが顔に出ないよう、初めに話すことを落ち着いて思い浮かべた。

「さっき、ドレスのお代などと言っていたが、必要ない」

「え？ そういうわけには――」

「以上。この話は終わりだ」

きっぱりと言いきられてしまい、それ以上の言葉が出てこない。それでも用意してきた封筒をバッグから取り出し、テーブルの上に置いた。

そんな私に、橘社長はフッと笑みをこぼす。

「真面目というか、頑固……なのか」

「そういうわけでは……。あんな高価なものをいただく理由がないですから」

そこまで言って、母の治療費の件もこの流れで話せそうだと会話の流れを掴む。

「それから、今日伺ったのは母のことで……。ベリが丘総合病院への転院が決まったのですが、個室の入院費などを〝タチバナさん〟という方がお支払いくださると聞かされました。あなたですよね」

個室入院の選択肢しかないとのことで姉とも相談し、我が家の経済状況では難しいと判断したところだった。まだ母には伝えていなかったけれど、病院にお断りの連絡を入れようと思っていたのだ。

そんなタイミングでの、病院からの電話だった。

ベリが丘の中でも名を馳せる大企業の代表取締役である橘社長なら、ベリが丘総合病院ともつながりがあるに違いない。だから〝タチバナさん〟と聞いて、彼が関与しているのではないかと思ったのだ。

「友人が腕のいい心臓外科医でね。これでお母様の病状も快方に向かうといいな。あとはプロに任せるしかないが、彼は世界でも通用する外科医だ、間違いはない」

「あの、お気持ちも、お気遣いも大変うれしいです。ですが、あなたにそんなことをしてもらう理由がありません」

「理由？　理由がそんなに必要か。助けたいと思ったから助けた、ただそれだけのことだ」

　興奮気味な私の様子に対して、橘社長の方は至って落ち着いた様子。微笑まで浮かべられてしまい、気持ちだけが急く。

「ですから、そんなふうにしてもらっても、最先端治療を施していただくと聞きましたし、個室の費用だって、すぐには支払えない状況で――」

「だったら理由をつくろう。それなら、今感じている負担もすべてなくなる」

　私の声を遮り、正面に掛ける橘社長はソファに背を預ける。長い脚を組み、困惑する私の目をじっと見つめた。

「俺の妻になるという交換条件でどうだ」

　え……？

　とんでもないフレーズが耳に飛び込んできて、瞬《まばた》きを忘れる。

　固まってしまった私を、橘社長はクスッと笑った。

「それならすべて解決だ。妻となるなら、俺がお母様の治療費の面倒を見るのはおかしなことではない。あと、君がずっと気にしているドレスの件も」

「ちょっと待ってください！　意味が――」

「望まない結婚を急《せ》かされて困っているんだ」

橋社長は再び私の声を遮り、突然自身の事情を口にする。その表情は陰り、どこか暗く見える。華やかな印象しかなかった橋社長のこんな表情は初めてで、どきりとしてしまった。

望まない結婚——跡取りとして、好きでもない親の決めた相手とさせられるとか……？　私のような庶民にはわからない世界の話に違いない。

「君は俺の妻となる。俺は、君のお母様の件やすべての金銭的面倒を見る。お互いにウィンウィン。悪い話ではないはずだ」

「ウィンウィンって……そんなこと言われても想像すらできない」

「オペが受けられるとなって、お母様は喜んでいたと聞いた。それをここで断ったら、あまりにも不憫だと思うが」

そんなふうに言われ、数日前に電話で話した母の声が耳の奥に蘇る。

声の調子がよく、うれしそうに転院の話をしてくれた母。望んでも受けることのできなかったオペが決まり、元気に生きていけるという希望が湧いたに違いない。

それを今、私がこの場でつぶしてしまったら……。

「俺に興味がなくてもかまわない。お母様のために、悪い話ではないはずだ」

いつの間にか橋社長は姿勢を正し、私を真正面から見すえる。

《お母様のために》

橘社長の言葉に後押しされるように口を開いた。

「……わかり、ました。検討します」

私からの返事を受け、橘社長はわずかに口角を上げる。

「いい返事を期待している」

そう言ってソファから立ち上がった。

3、彼女はシンデレラ

今日はクリスマスイブ。

俺は年末の業務が立て込み、執務室で書類対応に追われていた。

「社長、失礼します」

そこへ秘書の加賀祥太郎《かがしょうたろう》が姿を見せた。シルバーフレームの眼鏡をかけた目が見ているのは手もとの書類。執務室に入った加賀は足早にこちらへとやって来る。

「お忙しいところ申し訳ありません。急ぎで決裁印をいただきたいのですが」

「なんの件だ」

「先日会議のあった新年度からのウエルカムサービス向上案です」

加賀が差し出した決裁文書を受け取り一読する。決裁印を捺《お》して返却した。

「社長、そろそろ会場へ顔を出されてはいかがでしょうか」

「ああ、そうだな」

今日は大広間で大規模なクリスマスパーティーが行われている。毎年うちが主催し、ベリが丘の住民が交流できる場を提供してきた。

こういったイベントは地域活性化のきっかけとなり、有益な情報を得る場ともなる。ビジネスにおいても必要不可欠だ。

「今年も多くの招待客で賑わいを見せているようです」

「そうか」

「社長、お手持ちの名刺の枚数は大丈夫でしょうか。今日、日中は交換されていなかったと把握していますが」

「ああ、大丈夫だ」

加賀の秘書業務はいつでもぬかりない。準備も先読みも完璧で、なにか緊急事態が起ころうとも冷静に対処する。

加賀のおかげで余計なことに気を取られず仕事に専念できるのだ。

「もし必要がありそうでしたら用意しておきます」

「ありがとう」

そんな会話を交わしながらパーティー会場へ向かう。

早速会場前で取引先の役員に声をかけられ、足を止めて挨拶をする。

何組かそれを繰り返していると、フロアの端でざわついている気配を感じる。

何事だろうと近づいてみると、女性参加者とスタッフが謝り合っているのが目に飛び込んできた。どうやらぶつかってドリンクがこぼれたようだ。

そばまで行き、彼女と目が合った瞬間に以前見かけた女性だと気づいた。洋服は濡れ、あろうことか下着が透けている。

俺は急いでジャケットを脱いでかけると、驚く様子の彼女を会場外へと連れ出した。彼女とともに衣装室に向かいながら、やはりあのときの女性だと顔を見て確信を得ていた。

ホテル・タチバナで株主を招いたパーティーがあった日のことだ。

彼女は絨毯の床に両手をついて、這うようになにかを捜しているようだった。

気になって声をかけようとしたとき、目的の物を見つけたらしい彼女はそばにいた老夫婦のもとへ。彼らは大喜びで何度も彼女にお礼を言っていた。

老夫婦はうちの常連客で、その後話せる機会にあの日の一件について聞いてみた。

イヤリングを落として捜していたところ、親切な女性が『一緒にお捜しします』と声をかけてくれたという。

彼女について詳細を聞いてみたものの、お客様もその場限りで名前すら聞けなかったと言っていた。

そのときの彼女と、このような形で再び会う機会ができたことに驚きながらも、衣装室へ案内をし、ドレスを提供する。

彼女は遠慮するが、せっかくだからヘアメイクも施してもらうよう手配した。

そんなタイミングで仕事の電話が鳴り、彼女に断っていったん廊下へ出る。

対応しながらも、早く彼女と話したいという欲が湧き出てきて、それが電話の向こうの相手に伝わらないよう必死に平静を装った。

しかし……。

「彼女は？」

通話を終えて衣装室に戻ると、メイクをしてもらっていたはずの彼女が鏡の前からいなくなっていた。

「少し前に、急用ができたと出ていかれました」

忽然と消えた。

まさにその言葉がしっくりくるほど、彼女は幻だったかのようにその場から姿を消していた。

彼女を担当してくれたヘアメイクアーティストに尋ねると、お礼を言い立ち去ったという。

俺が着信で部屋を出て、すぐのことだったようだ。

「社長、先ほどの方がこちらを」

さっきまで彼女が掛けていたメイク台には、一万円札と、千円札が数枚。そして一緒に置き手紙が添えられていた。

【親切にしていただき、ありがとうございました。お借りしたドレスのお代はこれでは足りないかと思いますので、後日支払いに伺います。千葉】

この文面だけでも、彼女が真面目で誠実なのが伝わってくる。

誰もが着飾り、華やかな時間を楽しむ中、落ちたグラスを拾い謝罪する彼女の姿に目が留まった。

盛大にシャンパンをかぶってしまったにもかかわらず、濡れた自分よりスタッフや落ちたグラス、会場を汚してしまったことを気にする。

あの会場にいながらそのような行動を取る人間がどのくらいいるだろうか。きっとほとんどが自分の衣装が汚れてしまったことだけを気にし、スタッフを責めるだろう。

しかし彼女は、こちらの謝罪に対してもどうして謝られているのかわけがわかっていないかのように困惑した様子を見せていた。

人助けをしていたあのときだってそうだ。自分よりも周囲への気配りが自然と最優先になり、他人を思いやれる。そんな彼女が完璧な姿でパーティー会場へ戻れるように手配したいと、心動かされた。

最後の最後まで遠慮していた彼女だが、想像をはるかに超えた姿に変身した。まるで、魔法をかけられたシンデレラのように。

ダイヤの原石というのは彼女のような女性に使われる言葉なのだろうと見惚れた。不覚にも鼓動の高鳴りを感じ、自分の変化に戸惑いを覚えたほどだ。

この後彼女ともう少し話がしたい。そう思っていたのに、いなくなってしまうなんて、なにか急ぎの用でもあったのだろうか。

「社長、これが荷物の置いてあったそばに」

片づけを始めていたヘアメイクアーティストが俺のもとへ来て差し出したのは、キーチェーンについたカードケース。

「社員証……？」

顔写真は間違いなくさっきの彼女。ナナキタ食品は、ツインタワー内に本社を構える食品加工会社だ。彼女はそこの総務部で働いているらしい。

置き手紙の最後に書かれた〝千葉〟という名にちらりと目を向ける。

千葉澪花……。

落としていった社員証を手にしたまま、やっぱりシンデレラみたいな女性だと思わずにはいられなかった。

忘れていった社員証を後日届けに行き、夕方に改めて時間をもらって迎えに行くと、彼女は動揺した様子で足早に出てきた。

聞くと隣街の総合病院に入院中の母親のもとへ駆けつけるとのことで、車で送り届けた。

母親の心疾患は、現在の病院では手術が受けられない状態だと知り、ベリが丘総合病院に勤務している友人医師になにか手立てがないか相談してみることにした。

友人の医師、新藤《しんどう》に連絡を取ると、多忙な中時間を取ってくれると快い返事をくれた。こちらから出向く旨を伝えると、病棟のロビーに来てほしいという。

新藤の都合に合わせて指定された時間少し前に向かうと、廊下を曲がったところでちょうど彼が看護師と話しているのが見えた。

声をかけようとしたとき「千葉さんなのですが」と聞こえて、とっさに身を隠す。

立ち聞きなどしてはいけないとわかっているのに、〝千葉〟というワードからあの女性を想起してつい耳をそば立ててしまう。

「病棟が現在の空き状況で個室になってしまうと娘さんに話したところ、それなら転院自体を保留にされると」

「その後連絡は？」

「まだなんです。新藤先生のスケジュールもありますし、今日にでもどうされるのかこちらから娘さんの方に連絡してみます」

「そうだな。でも、オペを希望されて転院という話になったのに、どうしても個室は厳しいということか」

「そうだと思います。金銭的にでしょうね」

〝娘さん〟というフレーズが聞こえてきて、きっとあの女性の母親の話だろうと予想する。

転院が決まりかけたが、個室しかない旨を伝えた後保留になっているらしい。どうやら費用を家族が工面できないんじゃないかという話のようだ。

立ち聞きした罪悪感に駆られつつ、俺は廊下を曲がって「新藤」と彼に声をかけた。話していた看護師がこちらに向かって頭を下げ、その場を立ち去っていく。

「悪いな、病院まで足を運ばせて」

「いや、こちらこそ忙しい合間に悪いな」

「それはお互いさまだろ。でもどうした、相談があるなんて初めてだろう」

ふたりきりになり、早速本題を切り出す。

「直近で、深緑台総合病院にいる心臓疾患患者の転院話があるだろう?」

新藤は表情をいっさい変えず黙って話を聞いている。

「個室含め、費用はすべて俺が個人的に持つ」

そう言い放つと、新藤はひと呼吸おいて口を開いた。

「該当者は一名いるが、それが誰かは明かせない」

病院側が患者の個人情報を漏らすことは許されない。たとえそれが知り合いだとしてもだ。

「かまわない。仮に複数いてもすべて費用は出す」

その中に彼女の母親も含まれるだろう。

「複数いてもって、正気か?」

新藤は『冗談だろ?』と言いたそうな調子で笑う。

「まぁ、あのタチバナの後継者ならおやすいか。わかった、その話は進めておく」

新藤は「また連絡する」と言って、病棟ロビーに向かっていった。

中国《ちゅうごく》で開業したタチバナのホテルが国内でも話題に上がり、広報部は多忙を極めている。

代表取締役である俺に直接コメントを求めるメディアもあり、その文書を作っていたとき、デスクの傍らに置いていたスマートフォンが着信する。

そこには新藤の名前が表示されていて、手を止めてスマートフォンを取った。

《お疲れ。今、大丈夫か》

「ああ。なにか進展か」

《例の患者だが、転院について今日看護師から患者の家族へ連絡を入れた。〝タチバナ〟という人からの支援で、転院もオペもこちらで行うことを伝えた》

そんな連絡を受けた彼女がどんなリアクションを取ったのかが気になったものの、「そうか」と平静を装う。

「悪かったな、助かる。よろしく頼む」

《ああ、またなにかあれば連絡する。お互い多忙だが、たまには飲みにでも行こう》

「そうだな」

そんな話をして通話を終えた。

彼女の真面目な性格を考えたら、すぐにこちらへ来るだろう。

そんなことを思いながら仕事を片づけ、執務室を出る。

ホテルのエントランスへ向かうと、やはり彼女がやって来た。

芯の通った凛としたその表情には、きっと今から断りの言葉を並べようとしているのだろうというのが見て取れる。

ここからどうやって彼女との関係を始めようか。

芽生えた独占欲に、生まれて初めて感じる高揚を覚えた。

4、契約妻になる決意

私がホテル・タチバナを訪れて一週間もしない土曜のこと。

お見舞いに訪れて母がこんなに明るい顔を見せているのは初めてで、複雑な思いが胸に押し寄せる。

「澪花、転院のことで忙しくさせてごめんね」

「ううん、大丈夫だよ」

「でも、あきらめていた手術が国内でできることになるなんて、ありがたいわ」

「うん……」

晴れやかな表情の母を前に、橘社長に言われた言葉を思い返す。

『君は俺の妻となる。俺は、君のお母様の件やすべての金銭的面倒を見る。お互いにウィンウィン。悪い話ではないはずだ』

あの話を私が断れば、ベリが丘総合病院への転院は経済的に難しくなる。

こんなにうれしそうにしている母を悲しませるなんて……。

「元気になったら家に戻って、また仕事にも出られるわ！　澪花にも萌花にも、苦労ばかりかけてごめんね。お母さん、がんばるからね！」

手術ができることが生きる希望となって、気持ちも明るくなっているのが声や表情でよくわかる。

少し前までは、このまま一生入退院を繰り返していくのだろうと、先の見えない霧の中をさまよっているような感覚でいた母。それがやっと晴れてきて、この先に続く道が見えてきたのだ。

私が今、母のためにできること……。

「澪花、電話鳴ってない？」

「え？　あ、ほんとだ」

バッグからスマートフォンを取り出すと、タチバナ社長からのメッセージを受信していた。

【この間の返事を聞かせてもらいたい。今日、時間は取れないか】

その場で、今日は母のお見舞いに来ていること、その後ならバイトまでの時間都合がつくことを返信する。すると即メッセージが返ってきた。

【それなら都合がいい。今、ちょうど深緑台総合病院の近くにいる】

文面を見て、慌ててスマートフォンをバッグに収める。

「ちょっと、飲み物買いに行ってくるね」

足早に病室を出て、とりあえず病棟から外来口を目指す。

橘社長がどこから現れるのかキョロキョロしながら歩いていくと、一階廊下のガラス窓から見える病院駐車場に彼の所有する車が駐車されたのが目に入った。

玄関から外に出て、降車してきた橘社長のもとに向かう。

今日は濃紺のスリーピースにグレーストライプのネクタイを締めた橘社長が、こちらに向かって歩いてくる。

「この間の話は検討してもらえたか」

会うなり開口一番に聞かれ、返答に困る。

近距離で目が合って、急激に緊張が押し寄せた。

「決意は固まったか」

母の手術費用をすべて負担してもらう代わりに、私が彼の妻になるという交換条件。

要は契約結婚ということだ。

提案されたときは、〝この人、絶対に変！　どうかしてる！〟と一瞬思った。

だけど、彼にも事情があり、求めている条件にちょうどあてはまる私が現れて藁《わら》にもすがる思いなのかもしれない。

「決意は……」

冗談抜きの真剣な視線を受け、やっぱり困って視線が泳ぐ。頭の中で、先ほどの母の様子が瞼の裏に浮かんだ。

オペを受けられると喜び、声にも覇気がある。気持ちも前向きになって、退院してからのことも希望を持って考えられるようになったのは伝わっている。

母がそんなふうに心身ともに回復していけるチャンスを、私の一存だけで棒に振ってしまっていいものか……いや、そんなはずがない。

母にはきちんと手術を受けて根本から体を治してもらいたい。

「固まりました。あなたと、契約結婚します」

私からの言葉に、橘社長は薄い唇にほんのり笑みを浮かべ、「そうか」と満足げにつぶやいた。

「悪いようにはしない。必ず、幸せにする」

かけられた言葉に、不覚にもどきりと鼓動を高鳴らせてしまう。

彼の言う『幸せにする』は、契約するにあたって母の病院費用の面倒を見ること、つまり不自由のないようにするということだ。

それが、この契約の大前提だから……。

「はい。よろしく、お願いします」

深く頭を下げてお願いする私の肩に、そっと手が触れる。

「せっかくの機会だ。お母様の調子がよさそうなら、今からご挨拶に伺いたい」

「今から⁉」

「契約は締結した。それなら事を早く進めるまでだ」

橘社長の提案で、このまま母に挨拶をすることになる。

「結婚を前提にお付き合いさせてもらっていると挨拶させてもらう」

「はい。でも、かなり驚いてしまうかと……」

さんざん、男性はこりごり、一生独身でかまわないと言っていた私が結婚相手を連れてきたとなれば、母は間違いなく驚くはず。いったいどうしてしまったのかと思うはずだ。

「幸せな結婚をすると安心してもらえれば、驚きも喜びに変わるだろう」

そんな話をしながら、母の病室に戻る。

ふたりで病室に入り、仕切りのカーテンの前で「お母さん？」と呼びかけた。中から「おかえり」と返事がきて、一緒に病室内へと入った橘社長を見上げる。

彼が小さくうなずき、私が先に母に顔を見せた。

「あのね、紹介したい方がいて……今、いいかな」

母の表情が、どこか構えるように変化する。目を少し大きくして、「紹介したい人？」と聞き返した。

自分に本当にお付き合いしている人や、将来を約束した相手がいたとすれば、こんなふうに母に紹介したのだろうか。

切り出した自分も鼓動を速めて、母の方も身構える。緊張感に包まれたなんとも言えない空気。

そんな中、私の横から橘社長が「失礼します」とカーテンの脇から姿を出した。

「お休みのところ、申し訳ありません」

橘社長を見た母の表情が一瞬固まる。次の瞬間にはまた目を大きくして、驚いたように瞬きを繰り返した。

「いえいえ、こちらこそ、こんな姿で失礼します」

スーツの男性が入ってきたことで、母はなにかを察したようだ。少し倒していた体を起こしてベッドに掛ける。

そのすぐそばまで橘社長とふたり歩み寄った。

「こちら、橘さん」

私が紹介すると、母は頭を下げ、「澪花の母です」と挨拶を返す。

橘社長の方も母に向かって再度頭を下げた。

「はじめまして、橘蓮斗と申します。澪花さんと、結婚を前提にお付き合いをさせていただいております」

「へっ……！　み、澪花とですか⁉」

母は両手で口を押え、大きくした目で橘社長と私を交互に見る。

相当驚いているのだろう、心臓に負担をかけないか今さら心配になる。

「はい。お母様にも一度ご挨拶させていただきたかったので、お会いできまして光栄です」

橘社長は以前私に渡したときと同じように名刺を取り出す。

「タチバナグループの代表を務めております」

驚いた母が「ひっ」と息をのんだのがわかる。

私も、彼があのタチバナの代表取締役社長だと知ったときは声が出なかった。

「あ、あんな大企業のご子息が、うちの娘となんて……」

母の反応は至って普通だしまともだ。

純粋な〝普通の結婚〟であれば、立場の差に困惑する。

「私のひと目惚れなんです。澪花さんは、女性らしさの中に芯の通った強さのある方で、そんなところに惹かれました」

ひと目惚れ——そんなふうに言われ、心なしか鼓動が早鐘を打ち始める。

これは契約結婚においての設定みたいなもの。事実なわけではないから、こんなふうに鼓動を高鳴らせる必要はない。

「必ず幸せにするとお約束します。ですので、澪花さんとの結婚をお許しいただけますでしょうか」

先ほどから驚きっぱなしの母は、瞬きを忘れたようにじっと橘社長を見つめる。そして数秒後、ベッドに両手をついて頭を下げた。

「至らぬところも多々あるかと思いますが、澪花は優しく真面目で、私にとって自慢の娘です。どうぞ、よろしくお願いします」

母は私が橘社長と純粋に結婚すると思って、こんなふうに頭を下げてくれている。

胸がチクりと痛む。

私の幸せを心から願ってくれているのに、これは利害の一致の上で成り立つただの契約の関係。愛し合って結婚するわけではない。

でも、母が元気になるのなら、私にほかの選択肢はない。

「こちらこそ、どうぞよろしくお願いいたします」

橘社長の綺麗な横顔をちらりと見上げ、改めて決意を固めた。

橘社長とともに病室を後にし、そのまま病院を出る。家まで送り届けると言われ、お言葉に甘えることにした。

高級車に乗せてもらうのは、二度目でもやはりそわそわとして落ち着かない。

「母の件、本当にありがとうございました」

静かな車内に私の声が落ちる。

『お母様は、私にとっても母となる方です。一刻も早く健康な体を取り戻してほしい。そのためにできることはなんでもします』

彼は〝結婚相手〟として、完璧なセリフで母にオペに挑んでもらいたいと伝えた。

母は目に涙を浮かべ、下げた頭をなかなか上げなかった。何度も『ありがとうございます』と繰り返す母の心情は複雑だったに違いない。

「今日の母の様子を見ていたら、きっと感情が忙《せわ》しなかったかなって、思いました」

突然の結婚報告。その相手がタチバナグループの社長ということに相当驚いていた。

「心臓に負担をかけてしまったかもな。オペが終わってから挨拶をすればよかったたかもしれない」

「はい。でも、大丈夫だと思います。きっと母にとってはうれしい知らせだったと思うので」

「近いうちに、お父様にも挨拶をさせてほしい」

さらっと出た父親の話に、「あ……」とつい声が漏れる。

「すみません。実は、父はもう他界していまして。今は姉とふたりで住んでいる状態なんです」

横顔に数秒視線を感じる。それが離れたと同時に「そうか」と声が聞こえた。

「それならお姉様にも後日、挨拶をさせてもらいたい」

車窓にはいつの間にか自宅周辺の景色が流れ、思い出したように口を開く。

「あの、今後の流れをうかがっていませんでした」

そう切り出してみると、なぜだか橘社長はぷっと噴き出した。

「今後の流れって、仕事の打ち合わせみたいだな」

「あ……」

変なことを言ったつもりはないけれど、橘社長からすればおかしかったらしい。

真面目な問いだっただけに、急激に恥ずかしくなり頬が熱くなる。

「すみません。あの、でも、婚姻届はいつ頃出すのかとか、引っ越しなども必要なのかな、とか……」

契約結婚というものを橘社長がどういう形で考えているのか、まだ詳しく話を聞いていない。ほんの数時間前に決まった話だから仕方ないけれど、今日のうちに聞けることは確認しておきたい。

「まずは、お互いのことを知る時間をつくらないか？」

「え……？　お互いを知る時間、ですか？」

それはどういうことだろう？

車はちょうど、事前に教えていた私の自宅前に到着する。

「次の土曜日、時間をもらえるか」

今週末はとくに予定もない。

「はい、わかりました」

私の返事に橘社長は「決まりだな」と言って運転席を降りていく。助手席側に回り、わざわざドアを開けてくれた。

「すみません、ありがとうございます」

あんな大会社の社長という肩書の方に車のドアを開けてもらうなんて恐れ多く、慌てて降車する。

「お忙しいところ、わざわざ送り届けていただきありがとうございました」

「じゃ、土曜日迎えに来るよ。時間はまた改めて連絡する」

「わかりました」

橘社長は再び運転席に乗り込み、私が立つ助手席側のパワーウィンドウを開ける。

「楽しみにしてる」

端整な顔にほんのりと笑みを浮かべ、緩やかに車を発車させた。

「あんな大企業の御曹司って、どんなところに連れていってくれるんだろうね？　想像もつかないわ」

あっという間に週末を迎え、約束の土曜日になった。

今日の予定について、橘社長から詳細はとくになにも言われていない。十一時に迎えに来ると連絡がきただけだ。

「うん。どうなんだろう、想像もつかない」

姉にはどのタイミングで橘さんのことを話そうかと悩んで、昨晩食卓を囲みながら話を切り出した。

パーティー会場で親切にしてもらった方と縁があり、お付き合いから婚約に至ったと話した。もちろん母同様、姉にも余計な心配はかけたくないので契約結婚ということは伏せ、純粋に結婚するという話にした。

あのクリスマスパーティーから約一カ月。まさにスピード婚という勢いで、打ち明けられた姉は驚いていた。しかも相手があのホテル・タチバナの社長なのだ。

でも、姉は自分のことのように喜んでくれた。父親や以前に付き合ったが原因で男性を避けて生きてきた私に、結婚をしたいと思える相手が現れた奇跡を何度も『よかった』と言って、安堵の表情を覗かせた。

姉には母の転院が可能になった理由をごまかしていたが、彼が費用を負担してくれると昨夜明かした。なにか裏があるなどと怪しまれたらどうしよう……と心配したけれど、先に彼の立場について説明したからか『心が広い優しい人なんだね』と目を潤ませるだけだった。私は良心の呵責で胸が痛むのを笑顔で必死に隠した。

「まったく、私みたいに気合い入れてパーティーに臨んだ方にはなんの出会いもないなんて、神様はあまのじゃくよね」

姉はそんなことを言ってくすくすと笑う。キッチンから淹れたてのコーヒーのカップを持ってきて、リビングのソファに腰を落ち着けた。

姉はあのクリスマスパーティーでは数人と連絡先を交換したらしいけれど、その後改めて会うような人はいないという。

「でもさ、澪花にいい人が現れて本当によかったよ。これで、お姉ちゃんも結婚相手を本気で探せる」

「お姉ちゃん……」

「なんてね。冗談だって」

私の心配をしていたせいで、姉にも思うところがあったのだろうと知る。

『ごめんね』と言うのはなんか違う気がして、「ありがとう」と口にした。

リビングにインターフォンが鳴り響く。

「あっ、ほら、来たんじゃない？」

リビングのかけ時計の針は十時五十五分を指している。約束の時間を目前にして、橘社長がお迎えに来たに違いない。

慌ててコートを羽織り、用意しておいたバッグを手に持つ。

「じゃあ、行ってくるね」

少し慌てて玄関に出ていくと、姉も一緒に玄関に出てきた。

「私からもご挨拶、いいかな？」

「うん、してくれるの？」

「もちろんでしょ。妹をお願いしますって言っておかないと」

玄関を出ていくと、家の前には橘社長の黒塗りの高級車が停車している。

後から出てきた姉が「うわ……」と、お迎えの車を見て声をあげた。

門の前で待つ橘社長は今日もスーツ姿で、チェスターコートを羽織っている。

こちらに向かって「おはよう」と微笑んだ。

「おはようございます。すみません、ここまで来ていただきまして」

私とともに出てきた姉に、橘社長は丁寧に頭を下げた。

「はじめまして。橘と申します」

「あっ、はじめまして。澪花の姉の千葉萌花と申します」

普段とは違う少し早口なしゃべり方から、姉の緊張が伝わってくる。

「ご丁寧にありがとうございます。先日、お母様にはご挨拶させていただきましたが、澪花さんと結婚を前提にお付き合いさせてもらっています」

彼の言葉でその事実を耳にすると、緊張感に包まれる。

同時に、この契約結婚は夢ではないのだと改めて思い知らされた。

「はい、澪花から話は聞いています。母のことも、本当にありがとうございました。

妹を、どうぞよろしくお願いします」

「こちらこそ、至らぬこともあるかと思いますが、よろしくお願いします。日を改めて、食事にでも招待させてください」

姉はあからさまに動揺をあらわにしながら「は、はい！」とまた深々と頭を下げる。

「行こうか」

「はい」

今日もまた、橘社長は助手席のドアを開けて私の乗車をエスコートしてくれる。

姉に「行ってらっしゃい」と見送られ、助手席に乗り込んだ。

運転席に乗り込み、また丁寧に姉に頭を下げた橘社長は、住宅街の片隅から静かに車を発進させた。

どこかに向かって走り出した車内で、今日はどんな場所に行きなにをするのだろうと疑問が募る。

場所も目的も聞いていなかったから、一応どこに行っても差しさわりのない落ち着いたベージュカラーのワンピースという装いで来たけれど、問題ないだろうか……？

「今日は、ゆっくり食事でもできたらと思ってる」

「あ、はい」

「……気乗りしないか？」

橘社長はどこか探るように質問してくる。たぶん、私の返事が浮かないものに聞こえたのだろう。

「いえ、そんなことは。でも、あの、ご期待に沿うことはできないかと思うので」

「期待に沿う？」

「はい。私と食事をしても、きっと楽しませることはできないですから……」

男性が苦手だとはちゃんと話している。

食事に行っても会話を楽しめるとは思えないし、どんな席になるのか想像もつかない。つまらないと思わせてしまうのは間違いないから。

「おもしろいことを言うな」

だけど、なぜだか橘社長はくすくすと笑う。おもしろいことなんてひとつも言ったつもりはない。

「もうすでに十分楽しいけどな」

「え？」

「まあいい。食事の前に、連れていきたいところがある」

橘社長の運転する車は、駅から北側の櫻坂付近で駐車場に入る。

ビルの地下駐車場へスムーズに入庫し、期間契約のスペースに駐車を済ませた。こんな場所に契約しているなんて、どのくらいの金額を支払っているのだろうと単純に考えてしまう。

長年住んでいても、この辺りのエリアには桜見物でしか訪れたことがない。

駅から北側のノースエリアは、一般庶民が利用できるような店舗はないと幼い頃から教えられていたし、大富豪しか行かない場所だと思っていた。

大人になってもそれはもちろん変わらなかったから、この辺りに買い物や食事をしに来たことは一度もない。

ドアを開けてもらい車から降り、未開の地に足を踏み入れる。

私のようなド庶民がうろうろしていい場所ではないだろうから、挙動不審気味にキョロキョロしてしまう。

そんな落ち着かない私の手を、橘社長が突然掴み取った。

「あ、あの」

何事だろうと彼を見上げると、どこか不思議そうな目を向けられる。

「どうした」

「え、あ、手が……」

そう言ってみると、橘社長はつないだ手を持ち上げてみせる。

「これ？　なにか問題あるか？」

「え……あ、ない、です」

「夫婦になるんだからいいだろう。早く慣れろ」

逆に疑問に思われたような反応で困惑する。

橘社長はつないだ私の手を引き、地下駐車場からエレベーターに乗り込んだ。

契約結婚をしたといっても、彼との関わり方が今後どうなっていくかがいまいちわかっていない。そういう細かい部分まで話していないからだ。

でも、契約とはいえ、結婚をすれば夫婦という関係になるのだし、こうして手をつないで歩くのは普通のこと。

そうは頭でわかっているけれど、心がそれを処理できない。

心臓は普段の数倍も速く打っているし、こんなに寒くてもつないだ手の中は汗をかき始めている。

どこを見ていたらいいかわからず視線も定まらないし、なによりそわそわして気持ちが落ち着かない。

エレベーターで一階まで上がり、そのままエントランスホールを出ていく。

春には満開の桜が美しい櫻坂の大通りに出ていくと、橘社長はすぐそばのビルへ吸い込まれるように私を連れ入っていく。

しかし、そこはドアマンが丁寧に入口のドアを開いてくれるような高級店。

内心『え、え⁉』と思っているうちに店内に足を踏み入れていた。

「せっかくだから、なにか今日の装いをプレゼントしたい」

「え、そんな」

「今日の雰囲気も好きだけど……こういうドレスも似合うと思う。こっちもいいな」

つないだ手を離し、その手は腰へと回される。寄り添ってドレスを見て回る橘社長はどこか楽しそうで、次々とドレスを手に取っていく。

「どういうものが好みだ？」

そう聞かれても、すぐ近くに迫る綺麗な顔と腰に回った手に緊張してなにも考えられない。この状況から逃れるためになんとか口を開いた。

「橘社長の、お好きなものでかまわないです」

「俺の好みのものを着てくれるのか」

橘社長は、そばについているショップスタッフに、手に取ったドレスを渡していく。

「試着を」と頼み、私はそのままフィッティングルームへと連れていかれる。

「今日の気分のものを選ぶといい」

「はい……」

フィッティングルームに入りひとりになって、気持ちを落ち着かせるように小さく息をついた。

手渡されたドレスは全部で五着。私にとってみれば特別なパーティーなどで着るような部類のものばかりだけど、橘社長のような上流階級の人たちにとったら普段着のような感覚なのかもしれない。

どれも素敵で迷ったけれど、あまり橘社長を待たせてはいけないと思い、一着のドレスに決める。

ブラウンカラーのレーススリーブワンピースが落ち着いた雰囲気で素敵だなと思い、急いで着替えに取りかかった。

「着替えました」

フィッティングルームを出ていくのはやっぱり緊張する。橘社長と初めて会った日、あのとき着替えた感じとまったく同じだ。

私がこれを着てもいいのだろうか。

身の丈に合わないドレスをまとって、どんな顔をしていればいいのだろうか。

そんな思いに襲われる。

「すごく似合っている、美しい」

だけど橘社長は私のそんな思いを全部否定するかのように、褒め称え自信をつけてくれる。

それは魔法のように不思議な言葉で、胸を張ってもいいと思わせてくれた。

「問題、ないでしょうか……？」

「ああ、ドレスが喜んでいるよ」

彼はそばで控えていたスタッフに「これを着ていく」と伝え、「ほかに選んだものも一緒にお願いしたい」と、どこからともなく出したクレジットカードを手渡す。

スタッフは「かしこまりました」とそれを受け取り、足早に立ち去っていった。

そんなタイミングで、橘社長は「悪い」と断ってスマートフォンをスーツから取り出す。応対の仕方から、どうやら仕事の連絡かもしれない。

「申し訳ない。至急対応しないといけない仕事の連絡が入った」

「そうですか。あの、では今日は」

「この後の時間は問題ない。いったん車に戻って対応してくる。車内にタブレットを置いてきたんだ」

先ほど去っていったスタッフが、預かっていたカードを橘社長に返却する。

「すぐに戻る。彼女を店内で待たせてほしい」

「かしこまりました」

私をひとり残し、橘社長はさっき入ってきた入口を出ていく。

縁もゆかりもないお店にひとり残されて急に心細くなったところで、スタッフに「こちらへどうぞ」と店舗の奥へ案内された。


それから十分もしないうち、どうしても落ち着かなかった私は案内された店舗奥のソファ席から立ち上がった。

どうやらここは、VIP専用の部屋かなにかだろう。

先ほどのスタッフが、買い物した紙袋を数個持ってくると『お飲み物を用意します』と申し出てきて、思わず『おかまいなく！』と立ち上がってしまったのだ。

「あ、少し、外を見てきます」

間が持たなくなって席を後にし、店外に出る。

すぐに戻ると言っていたけれど、橘社長の姿が見える気配はまだない。

店内で待つよう言われたものの、やっぱりどうしても居たたまれないし、このままここで待っている方が……。

「話が違うじゃねーか！」

どうしようかと思っていたとき、近くからこの場所にそぐわない怒鳴り声が聞こえてくる。

何事だろうと自分のいるビルの隣の建物に目を向けてみると、レストランの入口前で男女のカップルが黒服のおそらくレストランスタッフの男性に詰め寄っていた。

「申し訳ありません。そのようなことは把握しておりません」

「おいっ、客に対してその態度はないだろ！」

スタッフに突っかかる男を、一緒にいる女性が止めに入る。「もう行こうよ」と女性は言い、引っ張られて振り向いた男の方の顔を見て、目を見開いた。

う、嘘……。

瞬きを忘れた目に映るのは、もう二度と会いたくなかった昔の彼。

どうしてこんなところで会ってしまったのだろうかと思っているうちに、彼とバチッと目が合う。

向こうもなぜこんなところに私がいるのかと思ったのだろう。確認するようにじっと鋭く見つめられた。

どうしよう。気づかれたくない。

そんな思いからとっさに顔を逸らす。

「おい」

でも、時すでに遅しだったようだ。

ビクッと肩がわずかに跳ねる。

「やっぱり澪花か。こんなところにいるから、見間違いじゃないかって思ったけど」

昔からそうだった。彼は事あるごとに私に対して嘲笑気味に笑った。

別れて大分経った今も、それは変わらないようだ。

「お前みたいなのが、こんなところでなにしてるんだ？　用ないだろ」

たしかに、彼の家庭は我が家より裕福だった。実家は墓石屋をしていて大きな家に住んでいたし、駐車してある車も高級車だった。

だけど、こんな言われ方をする筋合いはない。用がない身分だというのは自分が一番よくわかっている。

取り合わないつもりで、体の向きを変え拒否の姿勢を見せる。これ以上話しかけないでほしい。そんな気持ちを込めて。

それなのに彼には伝わらず、わざわざ私の前へと回り、フンと鼻で笑った。

「オシャレしちゃって。でもな、ここら辺は平凡で地味なお前なんかが来るところじゃねーよ」

心ない言葉に、一緒にいる女性が「かわいそうじゃん」と彼に意見する。でも、口もとを押さえクスクスと笑っている。

なんでそんなこと言われなくてはいけないのか。悔しく惨めな思いに涙が浮かんできそうになった、そのときだった。

「澪花」

名前を呼ばれたと思った次の瞬間にはさっと肩を抱かれ、そのまま今さっき出てきた店舗へとドアマンが開いた扉を入っていく。

「今のは？」

店舗の奥へと進みながら橘社長が聞く。

「あ……以前に、お付き合いしていた人で……」

なんとなく言いづらい。けれど、隠すことでもない。

橘社長は「なるほど」と言い、まだ受け取っていなかった紙袋をスタッフから受け取る。

頭を下げるスタッフたちに「ありがとう」とお礼を言い、踵を返してお店を出ていった。

店舗前には、いまだ元カレと連れの女性が立っていて、出てきた私たちをじっと見つめている。

そしてなにを思ったのか、元カレは急に私たちのもとへと歩み寄ってきた。

「あの俺、前に付き合ってた者です。こいつ全然おもしろくないし地味で仕事ばっかりしてるし、本当つまんないんですよね。あなたも苦労しているんじゃないですか？」

突然話しかけてきたと思えば、常識では考えられない辛辣な言葉を橘社長にかける。

急激なストレスだろうか、息苦しさを感じて胸を押さえた。

そんな中、突然、橘社長がふっと笑った。

「澪花は最高の妻ですよ。彼女は高嶺の花だから、あなたみたいな人には価値がわからないんだろう」

橘社長は「失礼」と言って私の肩を抱き直した。

「澪花、ついでに車も移動させたんだ。行こう」

橘社長はしっかりと私の肩を抱いたまま、櫻坂に停車させてある車へと私をエスコートしていく。そのまま助手席に乗せられた。

心臓が嫌な音を立てて高鳴っている。

恐る恐る店舗前にいたふたりに目を向けてみると、なにか言い合いをしていた。表情から険悪なムードがうかがえる。そのうち、女性の方が怒ったようにその場を大股で立ち去っていった。

「シートベルトを」

「あ、はい」

いつの間にか運転席には橘社長が乗り込んでいて、慌ててシートベルトを装着する。

「待たせて悪かった」

「いえ。あの……すみませんでした」

橘社長は自分のシートベルトを締めながら「なぜ謝る?」と不思議そうに聞く。

「お見苦しいものを、見せてしまい……」

私が罵倒されているところを目のあたりにして、どんなふうに感じただろう。気分を害したのは間違いない。

「謝るのは俺の方だ。ひとりで待たせるんじゃなかった」

「いえ、勝手に外に出てしまったのは私ですから」

橘社長は店舗の中で待つよう私に配慮してくれたのだ。それを、落ち着かないという理由で動いたのは私なわけで、橘社長はなにも悪くない。

「だとしても君が謝ることはなにもない。二度と、今日のような嫌な思いはさせない」

やっぱり、気を使わせてしまうよね……。

申し訳ない気持ちが込み上げる中、鼓動がトクトク高鳴り始める。そんな言葉をかけてもらえるなんて思いもしなかった。

見つめ合ったまま、どう答えたらいいのかわからず目を伏せる。

「じゃあ、今日の目的地に向かおう」

橘社長はエンジンをかけハンドルを握った。

櫻坂から向かった先は、ベリが丘ノースエリアにある会員制オーベルジュ。

駅近とは思えない大自然に囲まれたオーベルジュは、会員とその関係者しか中に入ることを許されない。

関係のない一般人にとっては、まさに秘密の花園といった場所。

オーベルジュの敷地は高い塀に囲われていて中の様子はうかがえないから、周囲からは中がどうなっているかもわからないのだ。

風の噂では、中は異国の地のようだとか、ファンタジーの世界感だとか、とにかく駅から数分のところにある施設とは思えない場所のようだ。

高校生の頃、友人と塀の外側を歩きながら、中がどうなっているのか妄想を膨らませたことを懐かしく思い出す。

入口では、観音開きの高いアイアン製の門が出迎える。白い塀で囲われる敷地唯一の大きな入口は存在感を放ち、この中が特別であることを主張している。

橘社長の車が門に近づくと、門番をしている深緑の制服を身に着けたスタッフがすぐに頭を下げる。

車種やナンバーで把握されているのだろう。前の門が自動でゆっくりと開いていく。

門の先は真っすぐにしっかり舗装された道が続く。その道は欅並木となっていて、まるで公道のようだ。

門を入った車は、その道を進んでいく。敷地内だというのに、いったいどこまで続くのだろう。

周辺は緑に囲まれる。右手は常緑芝だろうか、冬でも青々とした芝が綺麗に刈り込まれて広がり、木々が点在して森のようになっている。左手は入口を入って少しすると大きな池が見えてきた。

「腹は減っているか」

「えっ、あ、はい。ほどほどには」

初めて目に映す景色に窓の外をじっと見つめていたところ、橘社長から声をかけられ振り向く。

鼻筋の通る綺麗な横顔にどきりとした。本当にどの角度から見ても整っている。

「それならよかった。食事に行こうと事前に言ってなかったからな。食物アレルギーとか、食べられないものは？」

「苦手なものも、アレルギーもとくにはないです」

そんな話をしているうち、車は駐車場に到着する。

すぐそばには、白い外壁の建物が見える。ところどころに煉瓦《れんが》が貼られ、蔦《つた》植物が這っている雰囲気は、どこかヨーロッパの田舎町にでもあるお屋敷のようだ。

橘社長は「ちょっと待ってて」とエンジンを切った車から降り、もうお決まりのように助手席のドアを開けに来てくれた。

「ありがとうございます。あの、車は自分で降りられますので」

「そんなことを気にしているのか？」

橘社長のような方に、そんな細やかな気を使われたら居たたまれなくて仕方ない。

そもそも車から降りるのにドアを開けてもらったことなんて、生まれてこの方経験がないのだから。

「こんなこと、あたり前だから気にしなくていい」

車の乗り降りだけでなく、常にレディファーストで橘社長は動く。それは、しようとして気にしている様子もなく、育ってきた環境で身についた自然なことなのだろう。

やはり、一般庶民とは格の違いを感じさせる。

橘社長は降車する私の手を取り指を絡ませる。もう自然と手をつながれてしまい、鼓動の高鳴りを感じながら連れられていく。

でも、どうしても自分から指に力を入れて握り返すことはできない。どちらかというと掴まれているような感覚だ。

向かった白い建物の入口には、私たちの到着を待っていたかのように黒服の男性が立っていた。

「いらっしゃいませ。お待ちしておりました」

橘社長はここの会員ということだ。どのくらいの頻度で訪れるのだろう。

一歩中に足を踏み入れると、温かさにほっとする。別の女性スタッフが現れて「お召し物をお預かりします」とコートを預かってくれた。

高い天井を見上げる。エントランスは大きなお屋敷の玄関という感じで、解放感のある二階まで吹き抜けだ。真ん中にアンティーク調の大きなシャンデリアが吊り下がっている。外壁と同じ白い石造りの壁。床は煉瓦が敷きつめられたような造りだ。

スタッフに「ご案内いたします」と声をかけられ、橘社長の後に続いて奥へと進んでいく。

案内されたのは、大きなガラス窓の向こうの景色を望める個室だった。

「すごい……」

部屋に入った瞬間、つい心の声が漏れてしまう。

スタッフが椅子を引いて着席するのを待っていて、「すみません」と慌てて席に着いた。

広がる景色は、街中にある施設とは到底思えない。

北海道《ほっかいどう》とか、広大な土地に緑が広がるようなそんな景色だからだ。

一面に広がる芝生の向こうに、木々が点在している。そこにはなんと白馬が二頭闊《かっ》歩《ぽ》していて、目が釘付けになった。

「料理はコースでお願いしている。ドリンクの好みは」

向かい側にかけた橘社長が、ドリンクメニューと思われる細長い革張りのメニューを手渡してくる。

「とくに、ないので……一緒でかまいません」

メニューを受け取ることを遠慮し、橘社長に合わせることを伝えた。

食事の席なんて間が持たなそうだと思ったけれど、景色のおかげで緊張も紛れる。

ほどなくして、食事の準備が始められる。細長いグラスにはスパークリングウォーターと思われるものが注がれ、目の前には前菜のプレートが置かれた。

「季節の野菜と蟹《かに》のテリーヌです」

蟹の身と彩りのいい野菜が詰まったテリーヌ。それをぐるりと取り囲むように野菜とソースが飾られている。どこか躍動感があって、ダンスをしているようだ。

こんな大きなプレートの真ん中に飾られているテリーヌなんて、これまでの人生でほぼ食べた記憶はない。友人の結婚式だとかに呼ばれたときに出たか出ないか……そんな程度だ。

フォークとナイフは、外側から使うで正解だよね……？

こんなことになるなら、テーブルマナーを勉強しておくんだった。恐る恐るナプキンを膝にかける。

向かいからふっと笑う気配を感じ、テーブルの上から視線を上げた。

目を向けると、橘社長が微笑を浮かべてこっちを見ている。

「もっとリラックスしていい。硬くならないでくれ」

どうやら緊張しているのがわかってしまったらしい。

「すみません……」

そう答えたものの、簡単に肩の力は抜けない。

「いただこう。」

「はい。では……」

橘社長がナイフとフォークを手に取ったのに倣って、同じように二本を手にする。

「まずは、俺に興味を持ってもらわないとな」

「えっ」

「いや……好きになってもらわないと、か」

突然切り出された話題に驚き、そして同時に鼓動が高鳴りだす。

私の反応をうかがうように、橘社長の切れ長の目がじっとこっちを見つめていて、そのせいでますます心臓が落ち着きをなくした。

「私は、そんなつもりは……」

平静を装おうとしても、どっどっと鼓動がうるさくて難しい。それでもなるべく顔に出ないように毅然とした態度に努めた。

「こうしているのも、母のためなので。それに、あなただって私を利用しようと思って、契約を持ちかけてきたんですよね？」

それは間違いない。お互いの利益のために結婚という関係を結ぶのだ。

それなのに、興味を持つなんて、好きになる必要なんてあるのだろうか。

「そう思っているなら、仲のいい夫婦を演じてもらわないとな」

「え……？」

「夫婦なのに、ぎこちなかったらおかしいだろう？」

たしかに、正論を述べられて言葉が出ない。

今のままの私たちの状態では、誰が見ても夫婦とは思えないだろう。

「難しく考えることもない。まずは普通に、お互いのことを知っていけば自然と関係はできてくる」

「はい……」

そうは言われても、いったいなにを話せばいいのかわからない。

男性との関わり合いに乏しい私は、自ら話題を出すことなんてハードルが高すぎる。

「イブの夜、パーティーにはどこの招待で？」

困っていたところ、橘社長の方から話題を出してくれる。

目を向けると、テリーヌにフォークを入れながらリラックスした様子だ。

「姉が、ホテル・タチバナのラウンジに勤めていまして。オーナーの方から譲ってもらったそうです」

「そうだったのか。お姉さんが」

「あのときはお話ししなかったのですが、私はパーティーには出席していたわけではなくて」

「そうなのか？」

うなずいてみせると、橘社長は「ではなぜ？」と不思議そうに聞く。

「実は、出席していた姉から連絡がきて、忘れ物をしたから届けてほしいと。それで、あの場所に」

参加者でもないのに、会場で混乱を起こしたなんて迷惑で言い出せなかったのだ。

でも、今となっては正直にあのときのことを話そうと思える。

「ただ届け物に行っただけなのに、騒ぎを起こしてしまい……あのときは本当に申し訳ありませんでした」

改めて謝罪を口にすると、橘社長はなぜだかクスッと笑ってみせる。

「あの日も何度も謝っていたが、そんなに謝ることじゃない」

「いえ、謝ることです」

「まぁ……そういうところに惹かれたんだけどな。律儀で、相手に誠実。自分のことより相手を気遣える」

「そんなこと……」

律儀で誠実だなんて、あたり前の行動を取っただけ。むしろ、会場を汚してしまったのは私の不注意だ。それなのにこんなふうに褒められると、居たたまれない気持ちになってくる。

ただ迷惑をかけただけの私に惹かれたなんていうのにも混乱してしまう。

「万人にできることじゃない。自然とそうしていたなら、やはりあなたは人として立派だということ」

顔に熱が集まってくる。

どこを見たらいいのかわからなくなって、小さく首を横に振りながらテリーヌを口に運ぶ。蟹の旨味が口いっぱいに溶けるように広がった。

「だから、もっと自信を持った方がいい。よく謝るというのは、癖になっていないか」

「あ……」

橘社長の言う通り、たしかに『すみません』『ごめんなさい』はよく口にしている気がする。無意識レベルだから、癖になっているのだろう。

「なっているかも、しれません」

「だろうな」

ふっと笑う橘社長をちらりと見て、またプレートの上に視線を落とす。

まだ出会って数回しか会っていないのに、すごい……。

「なんか、驚きました。観察力というか、人を見る力というか、やはり、そういう力に富んでいるんですね、お仕事柄なのかもしれませんが」

「へぇ、そんなふうに言われるとは思わなかったな」

「そうですか？」

「ああ。まぁたしかに、人を見る目は自然と育ったかもしれないな。幼少期から、いろんな人間を見てきたから」

大企業を継承してきた家の御曹司として生まれて、きっと子どもの頃から特別な世界で生きてきたに違いない。

私のような、一般家庭で生まれ育った人間にはわからない苦労も多くしてきたのだろう。

「なにを考えている？」

「えっ……？」

整える。

「難しい顔をし始めたから」

そう言われて、ほんの少し眉間にしわが寄っていたことに気づいた。慌てて表情を整える。

「あ、すみません。私とは、生まれ育った環境も違うので、たくさん苦労もされているんだろうなって……いろいろ想像してたら」

「ほら、まただ」

「え？」

橘社長はくすっと笑ってじっと私の顔を見つめる。

「〝すみません〟は、いらないだろう？」

「あっ」

顔を見合わせふたりしてくすくすと笑い合う。また『すみません』と言ってしまいそうになり、自分にあきれながら言葉をのみ込んだ。

デザートに、マカロンを温かい紅茶と一緒においしくいただく。

フランボワーズのソースとちりばめられたベリーの甘酸っぱさがマカロンをいい感じに引き立てていた。果実はこのオーベルジュ内で栽培されたものだと説明があり、よりいっそう絶品に感じられた。

コース料理を終えてから、外に出て庭園を散歩することになった。

真冬の一月だけど、今日は日差しが出ていてそこまで寒くはない。コートを羽織れば散歩も快適だ。

レストランを出ていくと、レンガの埋まる道の脇にクリスマスローズがところどころ咲いている。食事中、窓の向こうに見えていた白馬は、今もまだ優雅に草原を歩いていた。

「俺ばかり質問してるけど、澪花から聞きたいことはないのか？」

言われた話の内容よりも、〝澪花〟と名前を口にされたことに意識が集中する。

今日はちょこちょこ名前で呼ばれていて、そのたびにドキドキしてしまっていた。

「あ、えと……」

言われてみれば、今日は橘社長から出してもらった話題について話すばかり。

仕事のことや、家族のことなどが主だったけれど、それもすべて橘社長が話を振ってくれた感じだ。

私は受け答えに精いっぱいな感じで、話題を振るというところまでできなかった。

「では……ご趣味は？」

そう言った途端、横からふっと笑う気配を感じて彼の顔を見上げる。丸めた手を口もとにあて、くすくすと笑っていた。

「なんか、どっかで聞いたことのあるセリフだな」

あっ……。

言ってみて数秒、おかしな発言をしたと気づく。

ちょっと、これじゃよくあるお見合いの席みたいな……。

急激に恥ずかしくなってきて、赤面しているのが自分でわかる。

「趣味か……いろいろあるな。身近なところで読書。本は好きか？」

「本、はい。読むのは遅いですけど、なにかしら読んでます」

「そうか。あとは、体づくりは趣味みたいなものになってる。登山も好きなんだ」

「登山ですか。どんな山を登るんですか？」

「去年は、カナダ出張の合間に時間をつくってカナディアンロッキーに登ったな」

想定外の海外の山の名前が出てきて驚く。趣味というから、国内のその辺の山でも登るのかと思っていたけれど、まったくスケールが違った。

「すごい、本格的……」

「山は登らないか」

「登らないです。小学校のときに登ったのが最後かと……」

「好きでもないと登らないもんだよな。あ、あと最近は時間が取れなくてご無沙汰だけど、乗馬も十代からやっていて趣味みたいな感じだ」

そう話す橘社長の視線の先には、遠くに歩く白馬を捉えている。

「乗馬……」

聞いておいてこんなことを思うのは変だけど、趣味のスケールが違いすぎて話が広がらない。

「馬は苦手か？」

「えっ、あ、いえ。苦手じゃないです。乗馬なんて、かっこいいなって思っただけで」

「苦手じゃないなら」

「へっ」

突然手を取られ、くいっと引っ張られる。

いったいどうしたのだろうと驚きながら手を引かれていくと、橘社長が向かっていく先はどうやら遠くから眺めていたあの白馬。だんだんとその距離が近づいていく。

「あ、あの……？」

近づいてきた白馬は毛並みにしっかり艶があり、尻尾はさらさらと揺れている。

「ちょっと待ってて」

橘社長は馬のそばに一緒にいたスタッフに声をかけに行く。

なにか話をしたかと思えば戻ってきて、馬の頸をなでた。そして、驚いたことに身軽に馬の上に乗ってしまう。

「えっ、すごい……！」

どうやって騎乗したかもよくわからないほど慣れていて、ぼうぜんとその姿を見上げる。

そのまま私の方まで来た橘社長はまた身軽に馬から降りてきた。

「力を抜いて、俺に身を任せて」

「え？」

どういう意味なのか聞き返す前には、足が地面から浮いていた。

あっと思った次の瞬間には、抱きかかえられた体が馬の背の上に腰を下ろす。

橘社長がまたがる前に横座りで乗馬する形で座っていた。

「わっ、嘘」

「じっとしてれば大丈夫」

私の胴にしっかり手を回して抱き、橘社長は落ち着いた声で私に声をかける。その距離もすぐ耳もとに近くてどきりとした。

「すごい……私、馬に乗ったの初めてです……！」

「それはよかった」

手綱をわずかに引くと、馬がゆっくりと動きだす。周辺をぐるりと歩くと、馬はすぐ静かに立ち止まった。

馬を驚かさないように、橘社長は私を抱きかかえスムーズに地面に着地する。「ありがとう」とまた馬の白い体をなでた。

「急に驚かせたな」

「いえ、ぜんぜん」

本当はかなり驚いたけれど、それよりも貴重な体験にドキドキしている。

「かっこいいなんて言われたから、ちょっと調子に乗った」

「え……？　あっ」

さっき趣味の話をしていて乗馬の話題が出たとき、かっこいいと言ったことを思い出す。私のそんな発言を受けて〝調子に乗って〟披露してくれたなんて、彼の意外な一面を見た気がした。

「それなら、予想以上でした。ご無沙汰とはいえ、やっぱり体が覚えているというやつですね、きっと」

橋社長は「そうかもしれないな」と同意して、くすっと笑う。こっちを見ながら笑っていて、どうしたのだろうと首をかしげてしまった。

「今朝迎えに行ったときと比べて、よく話してくれるようになったなと思って。それがうれしくて」

そんなふうに言われて自覚する。

橋社長の言う通り、気がつけば意識して言葉を選んだりせずに話せている。

それをうれしいなんて言われて恥ずかしくなったけれど、赤い顔を隠さず笑みを浮かべてみせた。

十七時近くには橋社長の車に再び乗り込み、オーベルジュを出発した。

「橋社長、今日は一日ありがとうございました」

うちまでは車で数十分ほど。徐々に西日も落ち空は暗くなってきている。

「こちらこそ。今日は一緒に過ごせてよかった。お互いのことも話せたし、君をたくさん知ることができた」

今日食事をしながら話をして、お互いの基本情報は知ることができたと思う。

年齢は私の五個上の三十二歳。小学校からベリが丘にある有名私立校に進学し、大学までエスカレーター式に進級したと聞いた。大学時代は海外留学をしていた時期もあったらしい。

生い立ちやちょっとしたエピソードなどを聞いても、やっぱり生きてきた世界が違うのだと何度も感じた。

きっと、橘社長の方も私の話を聞いて同じことを思ったのだろう。

「でも、ひとつ言いたいことがある」

「はい」

言いたいこと……？

運転する橘社長の横顔に目を向ける。真っすぐ前を向いたまま、とくに笑みを浮かべてもいない綺麗な顔に緊張を覚えた。

「その〝橘社長〟というのは、今日で終わりにしてもらいたい」

「あ……」

とくに意識しないでそう呼んでいた。でも、これからの関係を考えたらたしかにその呼び方はおかしい。人が聞いてもよくないだろう。

「そうですね。では……」

「名前で」

「蓮斗さん、ですね」

初めて口にした名前は予想以上に鼓動を高鳴らせる。

暗くなり始めた車内で、蓮斗さんの横顔にほんのり笑みが浮かんだのを見た。

「慣れるまで無意識に間違えたりしてしまいそうですけど、早く慣れるようにします」

急に呼び方を変えるとなると、しばらくは意識しないといけない。

心の中で何度か『蓮斗さん、蓮斗さん』と呼んでみた。

車は見慣れたご近所の道を走る。

蓮斗さんは間違えることなく私の家の前に車を停車させた。

「ありがとうございました」

車が停車したと同時に、お礼の言葉を口にする。

手早くシートベルトをはずした蓮斗さんが運転席を降りていって、もうこの流れには慣れるべきなのかと思いながらドアが開くのをおとなしく待つ。

でもやっぱり落ち着かない気持ちで、ドアが開いたと同時にぺこりと頭を下げた。

「ありがとうございます」

差し出された手に触れ、車外に足を伸ばす。

立ち上がったところで、不意に屈んだ蓮斗さんの顔が近づくのを感じた。

「っ……⁉」

一瞬、心臓の動きが止まったのかと思った。そのくらいの衝撃が走る。

唇に触れるやわらかさ。ふわりと、ほんの一、二秒のことだった。

鼓動が暴走し始めたときには眼前で目と目が合う。

「次に会えるのを、楽しみにしている」

返事が出てこなくて、こくりとうなずいたついでにうつむく。

蓮斗さんは「おやすみ」と私の頬をひとなでして離れていく。

運転席に乗り込んだ綺麗な顔を盗み見て、どきんと胸が音を立てた。

ひらりと手を振り、蓮斗さんは車を出す。

離れていく車を見送りながら、口づけが落とされた唇を手で押さえた。

5、動き始めた感情

一月の最終週。今日は母のオペが行われる。

日程が決まってから事前に有休を取り、朝から病院を訪れた。

姉も私同様事前に休みを取っていたけれど、今朝出勤者に病欠が出てしまい、急遽お店に向かうことに。仕事を終えたらすぐ駆けつけると言って出かけた。

母がベリが丘総合病院に転院した初日、部屋のタイプに驚愕せざるをえなかった。

あきらかに普通の個室じゃない。

母が横になるベッドのシーツは、病院によくあるシンプルな白いものではなく、花柄の上品な布地。部屋にはソファセットが用意され、トイレやシャワールームもついていて、見て回りながら驚きの連続。全体的にホテルライクな雰囲気なのだ。

母も相当驚いたようで、病室が豪華すぎて、患者を取り間違えていないかと思ったと言っていた。

母の言う通りだ。これまで四人部屋の普通の病室に入院していたのに、こんな個室に急に来てしまったら確認も取りたくなる。

建物や院内の雰囲気自体も、病院独特の無機質さを感じさせない。

一階にはオシャレなカフェテリアなんかもあり、整備された病院中庭は院内とは思えない広々とした公園のよう。

木々に囲まれ、橋のかかる大きな池があり、入院中の患者が車椅子を押してもらい散歩に出ていたりしていた。

「澪花、ありがとう来てくれて」

これから手術に向かう母は、不安というよりはどちらかというと穏やかな表情をしている。

「うん。大丈夫？」

「ええ、今日は調子もいいし、手術日和ね」

「そっか、なんか、お母さんより私の方が緊張してる」

私の言葉に、母はふふっと穏やかに笑う。

「まぁ、そうかもしれないわね。待っている方が不安かもしれない。でも、大丈夫よ、腕のいい先生が執刀してくれるんだから」

「うん、そうだね」

そんな話をしていると、病室入口から「失礼します」と声がかかる。

担当看護師が病室に入ってきて「千葉さん、そろそろお時間です」と車椅子の用意を始めた。

「じゃ、行ってくるわね」

「うん、がんばってね」

看護師にも「よろしくお願いします」と頭を下げる。

晴れやかな表情で病室から連れ出された母の後を、オペ室近くまで見送った。

ベリが丘総合病院の心臓血管外科に転院してから母の主治医になってくれたのは、若くして名医と言われている心臓血管外科のスペシャリスト、新藤医師。

数年前までアメリカの外科チームに所属していたらしく、腕は間違いないと蓮斗さんが言っていた。

新藤医師と蓮斗さんは学生時代の友人らしく、幼なじみという間柄だという。だから母のことも口ききしてくれたのだろう。

午前九時半から始まったオペは、もうすぐ三時間になる。スムーズに進めばそろそろ終わるはずだと聞かされているから、時間の経過とともに落ち着かない気持ちになってくる。

「澪花」

オペ室近くでひとり待機していたところ、後方から声がかかる。

振り返ると、そこにはこっちに向かってくる蓮斗さんの姿が。たった今、ここに到着した様子だ。

「蓮斗さん……どうしたんですか？」

とくに今日はなにも約束はしていない。ここに彼が来るなんて思いもしなかった。

「お義母様のオペの日だろう」

「え……それで来てくれたんですか？」

「あたり前だ。オペは？」

「はい。順調にいけば、そろそろだと思うんですけど……」

だんだん落ち着かなくなって、ちょうどソファから立ち上がっていたところだった。

私の心情を読み取ったのか、蓮斗さんはそっと背に触れてくる。「大丈夫」と静かに言われ、小さくうなずいた。

そんなとき、手術室からオペ着を着た看護師やスタッフが出てくる。慌ただしくなってきた様子に立ち尽くしていると、新藤医師が自動ドアの奥から現れた。

待っていた私たちのもとへやって来て、「問題ありません」と知らせてくれる。

「ありがとうございました」

足早に去っていくうしろ姿にお礼を言うと、腰から力が抜けるような感覚に襲われ背後のソファに腰を下ろした。

「よかった……」

安堵からつい心の声が漏れる。

私の掛けるすぐ横に蓮斗さんも腰を落ちつかせた。

「本当によかった」

横から聞こえてきた蓮斗さんの声に目を向ける。

私の視線を感じた彼の顔がこちらを向き、柔和な微笑を浮かべた。

多忙なはずなのに、こうして母のことを気にかけ病院まで駆けつけてくれたことがうれしい。優しい言葉も、心からの本物なのではないかと錯覚しかける。

「これで、澪花の心配事がひとつ減ったな」

母の体の心配はずっと続いてきたこと。治療を受けることができず先行きは不透明で、明るい未来は見えなかった。

でも、こうして手術を受けられる環境や医師の手配、そして治療費の支援があって今日の日を迎えられた。

それもこれも、蓮斗さんに出会わなければ叶わなかったこと。

彼が私と契約したいと提案してこなければ、母は今も以前の病院で入院したまま、ただただ現状維持の毎日を送っていただろう。

「はい。本当に、母の件はお世話になりました」

蓮斗さんは約束を果たしてくれた。

だから、私も……。

「私も、約束は果たしますので」

彼と結婚して、妻となる。それが蓮斗さんの求める対価。

母を助けてもらったからには、私もその役目を全うする。

「そうか」

蓮斗さんはふっと笑ってソファから立ち上がる。

「お義母様が落ち着いたら、連れていきたいところがある」

「連れていきたいところ、ですか？」

「ああ。少し新藤と話をしてくる」

蓮斗さんはそう言って手術センターを出ていった。

術後の状態も安定していると説明を受け、今日はいったん帰宅することになった。

また明日になれば面会も可能だというから、仕事後に訪れようと思う。

途中から病院に駆けつけてくれた蓮斗さんと一緒に帰ることになり、院内の駐車場へと向かう。

「この後のスケジュールは？」

「とくには」

「それなら、さっき話した通り、一緒に来てもらいたいところがある」

「わかりました」

病院を出た蓮斗さんは、駅方面に向かって車を走らせていく。

さっきまで母の手術のことで頭がいっぱいだったけれど、手術も成功して安堵すると、今のこの状況に今度は落ち着かなくなってくる。

前回会った日、帰り際にキスされたことが鮮明に蘇る。

あの瞬間の緊張が急激に思い出されて、横で運転している蓮斗さんに意識が集中していく。

でも、あのキスには間違いなく深い意味はなくて、これから夫婦として関係を築いていくための儀式みたいなもの。きっとそうだ。

ひとりで勝手に意識するのは自意識過剰というやつ。そう言い聞かせてドキドキを落ち着かせる。

どこに向かっているんだろうと思っているうち、駅前のマンション敷地内に入っていく。車は建物の地下に吸い込まれていき、地下一階部分の入口で自動でバーが上がった。

「あの、ここは……？」

「一緒に住む新居を用意した」

「えっ、し、新居、ですか？」

まさかとは思ったけれど、そのまさか。ここは普通のマンションではない。

ベリが丘では知る人ぞ知る高級低層マンション。住んでいるのは、富裕層の中でもさらにごく一部の富豪だと噂が立つような物件だ。

有名一級建築士によるデザイナーズマンションは、都会的でありながら緑豊かな別荘地を思わせる造りで、外観からもセンスのよさが際立つ。誰もが羨望の眼差《まなざ》しで見上げる建物だ。

そんなところがこれから住む場所になるの……⁉

車は駐車場へと入っていく。周囲の車は予想通り高級車ばかりだ。

地下駐車場に、車のドアを閉める音が鳴り響く。助手席側に回った蓮斗さんは「おいで」と私に手を差し出した。

手に触れることには、いまだに慣れない。

蓮斗さんはなんの躊躇いもなく私の手を取りつなぐけれど、私は初めと同じようにされるがままの状態。自分から指に力を入れて握り返すなんてできない。

指先が触れ合うと、急にこの間の出来事が頭の中を埋め尽くす。

オーベルジュでの食事後、送り届けてもらった車の前でキスをされたことだ。

あの後から、事あるごとにあの瞬間のことを思い出しひとり動揺を繰り返している。

さっきもそんなことをひとり考えて意識してばかりなのに、今触れ合ったらまた急激に蘇ってきてしまった。

こんなタイミングで意識したくなかったのに困ったものだ。

地下駐車場から専用エレベーターで一階エントランスへ。

扉を出て、そこに広がったエントランスにまたびっくり。広いホールは外からではわからない解放感のある空間で、全面のガラス張りからは中庭と思われるグリーンが見える。

ソファの用意された待ち合いと、なんとコンシェルジュも常駐している。

「セキュリティーは万全の物件だ」

「はい……」

いったい何重のセキュリティシステムなのだろう。四重、五重はあるに違いない。

驚愕しながら今度は居住階へのエレベーターに乗り込む。蓮斗さんが指定したのは五階、最上階だ。

エレベーターホールに出ると、中庭を囲うように左右に共有廊下が伸びる。

蓮斗さんは右手に進んでいき、突きあたりのドアの前で足を止めた。

「鍵はカードもあるけれど、指紋認証にも対応してる」

そう言いながら本当に指紋でドアを解錠した。

「澪花も後で指紋の登録をしておこう」

「は、はい」

さっきから驚きの連続で返事もままならない。

開いたドアの向こうには広い玄関が覗く。床は白いマーブル柄の大理石で、正面には天井までの高いシューズボックス。壁も収納も白くて明るい印象の玄関だ。

室内に上がると、床は深みのあるブラウンの木製に切り替わる。

「お邪魔、します。えっ……嘘、すごい」

玄関を上がってすぐの廊下の目の前には、ガラス張りの先にテラスが広がり、なんとそこにはプールがある。

入ってすぐの光景にぼうぜんとしていると、蓮斗さんは廊下を左に折れる。その先にあるドアを開くと、奥には広々としたリビングダイニングが現れた。

右にダイニングとリビングが広がり、入って左奥が対面式のカウンターキッチン。

リビングの右側はガラス戸、ダイニングは手前のプール側とL字形にバルコニーに面していて非常に明るい間取りだ。

「反対側の部屋も見に行こう」

「あ、はい」

リビングダイニングを出て、再び玄関前の廊下へ。改めてプールがあるバルコニーに目を奪われる。

玄関を背にして右手側に進むと、右にドアがふたつ、最奥とその手前、左側にもドアがある。玄関のそばにもひと部屋あったので全部で4LDK。彼と私の個室、もうひと部屋はゲストルームにするという。

「正面奥がバスルーム、その手前が……」

蓮斗さんが左奥のドアを開く。部屋の中は、奥側に天井までの大きなガラス窓。バルコニーへ続く解放感のある部屋だ。

「夫婦の寝室になる部屋だ」

夫婦の寝室と言われて心臓がどきっと反応する。

部屋を与えてもらえるなら私はそこで寝るのかと思ったけれど、寝室は一緒なんだ……。

今さらだけれど、夫婦になるとはそういうことだ。

でも、私たちは契約結婚という関係。表向きには夫婦として振る舞うわけだけれど、プライベートな空間では人目を気にする必要はないはず。

そう考えてみてすぐ、自分の脇の甘さに気づく。

この住まいがプライベート空間といえども、例えば蓮斗さんのご両親や私の家族、近しい人が訪れて寝室が別だと知れば、新婚なのに大丈夫なのだろうかと思うに違いない。

そういう部分まで考えれば、形だけでも寝室が一緒というのは契約項目のひとつのようなものだ。

寝室が一緒、ベッドがひとつだからといって意識するのはおこがましいこと。すべて、夫婦として見られるための体裁だ。

ひと通りの部屋を案内してくれた蓮斗さんは、自由に物件内を見て回ってほしいと言った。

ドアを開けてまで見ていなかったクローゼット収納部分をひとつずつ見て、最新式のお手洗い、洗面台はホテルライクなダブルボウルで驚いた。バスルームは自宅の浴槽とは思えないほど広々としていて、ひとりで入るにはもったいないくらいの広さだった。

「ひと通り見させていただきました。ありがとうございます」

「なにか不自由なことはないか」

「不自由なんて、そんな」

「気に入らないことがあれば、別の場所を用意しようと思うが」

「そっ、そんなそんな！」

思わず蓮斗さんの声を遮る。さらっととんでもないことを言うものだ。

「不自由も、気に入らないところもありません。むしろ、こんなところに住むなんて私にとっては現実味がないというか……持てあましてしまうと思っていたくらいです」

こうしていても、いまだにここに移り住むことが信じられない。

実際、ここで生活を始めたらどんな毎日を送るのだろう。想像もつかない。

「問題がなさそうなら、すぐに住み始められるように手配を進める。整い次第、お互いここに引っ越してこよう」

「わかりました」

「澪花」

突然、そっと手を取られる。何事かと蓮斗さんを見上げると、彼はじっと私の目を見つめた。目の奥まで見つめるような、真剣な眼差しに呼吸を忘れそうになる。

「さっき病院で、約束は果たしますと、言っていたな」

「え……？　はい」

はっきりと返事をすると、蓮斗さんはふっと口もとにわずかに笑みをこぼし、目を伏せる。

「契約結婚を申し出たことは、間違いない。だから、君がそう言うのも間違いではない。だけど……」

蓮斗さんはそこで言葉を止める。その続きをじっと待ってみたものの、彼はまたふっと笑うだけだった。

「すまない。なんでもない」

それだけを言い、何事もなかったように手を離した。

＊＊＊

用意した新居を澪花に案内した翌日。

昼過ぎから、ホテル隣接の自社ビルでオンライン会議に出席していた。

来月からシンガポールで始まるホテル建設の第三回施工会議は、国内の建設会社と現地の協力会社での最終確認を行い、その様子を見守った。

その後のスケジュールが夕方まで空いていたため、澪花の母が入院している総合病院へと足を運んだ。

友人でもある主治医の新藤に会い、手術の礼と、改めて澪花の母のことをよろしく頼むとお願いしてきた。

その帰り、病院のエントランス付近で声をかけられた。

「橘さん……？」

振り返ると、そこには澪花のお姉さん、萌花さんの姿があった。

「こんにちは」

会釈すると彼女の方も深々と頭を下げる。

うちのホテル内に入るカフェでバリスタをしている萌花さんのことは、カフェが自社のものではない外部チェーン店のため知ることがなかった。澪花の自宅に迎えに行ったときに顔を合わせ、挨拶させてもらったのが最初だ。

「昨日のオペも駆けつけていただいたようで。ありがとうございました」

「いえ。無事成功してよかったです、本当に」

「はい、本当にありがとうございました」

やはり姉妹だ。澪花同様、お姉さんも律儀な人のようだ。

「昨日、澪花から聞きました。一緒に住む新居に連れていってもらったって」

澪花が昨日のことをお姉さんに話していたとは思わなかった。

「うれしそうに話してました。すごいところで、本当に私なんかが住んでもいい場所なのかな、なんて、そんな話も」

うれしそうに話していたなどと聞いて、自然と気持ちが上がる。澪花が人に自分のことをどんなふうに話しているか聞けるのは貴重だし、知りたい。こんなふうに思ったことは澪花が初めてだ。

「そうでしたか。近いうちに部屋が整ったら一緒に住み始めようと思っています」

お姉さんはにこりと微笑み、また「ありがとうございます」と頭を下げた。

「気難しいところもありますが、姉の私なんかよりもしっかり者で心の優しい子なので、妹をよろしくお願いします」

改まって挨拶をされると、自分の取りつけた契約結婚という事実に申し訳なさが込み上げる。

君に関心を持ったと、真っ向からアプローチしたつもりだった。

しかし、澪花は一定の距離を保ち、それ以上近づかせてくれない上に、あっという間に逃げていなくなってしまう不安すら俺に与えた。

逃げられると追いかけたくなるというのは本当の話で、なんとか関係をつなぎ止めたいと、そんな衝動に駆られた。

そう思っていたとき、お義母様の状況を知る機会に恵まれた。

お義母様の治療と引き換えに契約結婚を申し出た俺は、必死すぎて最低の男かもしれない。エゴの塊でしかないとも軽蔑する。

でも、自分の価値を落としてでも彼女との関係を始めたかった。

こちらを見向きもしない彼女をつなぎ止める方法が、情けないことにわからなかったのだ。

こんな思いをしたことは、生まれて今まで一度もない。

そうやって始まった彼女との契約の関係。

一緒に時間を過ごせば過ごすほど、澪花のことをもっと知りたくなる。

彼女にはきっと、ゆっくりと一定の距離感を保って近づいた方がいいのだろうと頭ではわかっている。

でも、庇護欲や独占欲などの感情でいっぱいになり、つい距離を詰めすぎてしまう。

オーベルジュで食事をした帰り道もそうだった。

次に会うときまで自分のことを忘れず、一度でも多く考えてもらいたいと思った俺は、別れ際彼女の唇を奪っていた。

ひとりになり冷静になってから、嫌われてしまわなかったかと後悔したくらいだ。

ここのところ、ふとしたときに澪花のことばかり考えている。

「完璧な夫と認めてもらえるには、時間がかかりそうです」

つい本音がこぼれてしまう。

彼女が完全に心を許してくれていないことは、一緒にいてそこにある空気感でなんとなく感じ取っている。

どうしたらふたりの間にある壁を取り除けるのか、その答えはいまだ見つかっていない。

彼女にとって俺は、〝契約結婚の相手〟というだけだろう。

約束は果たすと、決意を固めたように言った澪花の真面目な表情が忘れられない。

そこには、彼女の特別な感情など動いているはずもなく、少し寂しさを感じた。もちろん、そんな気持ちを口にはできなかったけれど。

「やっぱり、難しいところありますか？　澪花」

萌花さんはどこか心配そうに俺の様子をうかがう。

自分自身の至らない点に弱音を吐いたつもりだったけれど、なにか誤解をさせてしまったかと内心焦る。

しかし、萌花さんは続けて口を開いた。

「ご存じだとは思いますけど……あの子、過去に男性とのお付き合いでひどく傷ついたことがありまして」

切り出された話に、先日の出来事が蘇る。

あのとき、澪花の背中がやたら小さく見えた。その前には、公共の場で声を荒らげ、下品に笑う男。

嫌悪感を抱きながら、引き離すつもりで迎えに行った澪花の顔色は最悪で、怯えているような様子さえうかがえた。

以前に付き合いがあった男だとはそのとき知ったが、なにがあったかまでは聞いていない。その男との過去が原因で、男を〝苦手〟と言ったのだろうとは察したが……。

「その方と別れたのは、うちの家庭の事情が原因だったんですが……でも、それでもひどい話で。あの子は気を使ってすべては語らないけど、たぶん、借金のことで責められたようなんです。自分と一緒になって完済しようと思っているのか、財産目あてだろうとか、大方そんなところかと」

「そんなことを……」

「澪花、それからもう二度と男性とはお付き合いもしないし、生涯ひとりで生きていくって言っていたので……」

そこまで考えが傾くなんて、相当なことがないとありえない。男性恐怖症という状態に近いのではないか。

でも、道端でばったり会ってあの様子では、付き合っていた頃はひどい扱いを受けていたことは想像がつく。

「だから澪花から橘さんの話を聞いたとき、驚いたけど本当に私もうれしくて。澪花から結婚なんて言葉、聞けると思ってなかったので。澪花は橘さんに出会えて、本当によかった」

萌花さんは自分のことのように喜びを口にする。

話をしているうちに、契約結婚の罪悪感よりも、澪花の傷を自分がどう癒していけるかを考え始めていた。


澪花の家庭の事情、そして以前付き合っていたというあの男については、萌花さんから話を聞くことができた。

澪花の父親はすでに亡くなっていると聞いてはいたが、澪花がまだ小学生の頃に家を出ている。その理由が不倫の末の蒸発で、その数年後、戻ることなく亡くなった知らせを家族は受けたようだ。

それだけでも悲劇だが、父親はよそで多額の借金を抱えたまま帰らぬ人となった。

姉妹は不幸なことに、その負債を相続してしまったのだ。

知らぬ間につくっていた借金の返済をする羽目になるなんて、不憫でならない。

そして、澪花の付き合っていたあの男についてもわかった。

家はこの辺りでは少々評判の悪い墓石屋で、男はその家の次男だという。

それなりに裕福な家庭ではあるものの、男の素行は悪く、学生時代から問題を起こしては金品で親が解決するという甘やかされた生き方をしてきたようだ。

澪花にとって、父親がよそに女性をつくり出ていったことは男性不信の始まりだったと察する。

そんな思いを抱えながら出会い初めて付き合った男が、やはり父親のような男であれば、もう男性を信じることなんて難しくなるのはあたり前のことだ。

もっと、早く出会っていれば……。戻らない時間を恨んだ。

しかし、嘆いていてもなにも変わらない。過去は変えられないから、これからの未来を約束するまでのこと。

濁り腐った過去は、全部塗り替える。

幸せで、不幸な記憶は思い出せないくらいに。あれはすべて、悪夢だったのではないかと思い込むくらいに。

たとえ契約結婚という関係でも、必ず、彼女が心から笑えるようにそばで見守りたい。ただそれだけを考えていた。

6、予想外に甘い契約新婚生活

年が明けたと思えば、あっという間に一カ月が過ぎた。

その間、自分の人生には起こりえないことが次々と起こって、怒涛の日々だった。

そうこうしているうちに二月に突入。

二月二日、今日は私の二十八回目の誕生日だ。

誕生日といっても、今日もなんら変わりのない一日だ。朝から出社し、いつも通り仕事をこなしている。

二日ほど前、いよいよ新居への引っ越しの準備が整ったと蓮斗さんから連絡をもらい、今日の仕事後に会えないかと都合を聞かれた。

まだ荷造りは済んでいないけれど、どうしても持っていきたい家具などなければ身の回りのものだけでかまわないと言われている。

そこまで運び出すものもないから、引越しはさほど大がかりにはならないはずだ。

定時まで仕事をこなし、終業後にチェックしたスマートフォンには蓮斗さんから【いつもの場所にいる】というメッセージが入っていた。

仕事後に迎えに来てくれたことは数回あるけれど、いつもタワー前に停車している。

今日も同じ場所だろうと思いながら急いでオフィス棟のエントランスを出ると、予想通りの場所に蓮斗さんの車がハザードランプを点灯させて停車していた。

「寒い……」

ビル風が吹きつけて、ストールに顔をうずめる。

車へと近づくと、私に気づいた蓮斗さんが運転席から降りてきた。

「すみません、お待たせしました」

「今来たばかりだ。待っていない」

蓮斗さんは助手席側に回ってドアを開ける。近づいた私の背に触れ、乗車を促した。

車内はとても暖かい。

まだまだ乗り慣れない革張りのシートに腰を落ち着けたところで、蓮斗さんが運転席に戻った。

今日はチャコールグレーのスーツに、ブラウンカラーのネクタイを締めていて落ち着いた雰囲気。観察するように見てしまい、慌ててシートベルトに手を伸ばした。

「どこか行きたいところは？」

「えっ、とくには……」

「じゃあ、食事にでも行こう」

今日は新居の件で約束したとばかり思っていたから、どこか行きたいところがないか聞かれて意外だった。食事をしながら話す形を考えているのかもしれない。

蓮斗さんが向かったのは、自社のホテル・タチバナ。

ここに来るのは、クリスマスイブと、その後ドレス代を支払いに訪れたとき以来だ。

蓮斗さんは車寄せでホテルスタッフに車を任せると、私の腰に手を回しエスコートしてくれる。

慣れた足取りでエレベーターに乗り込み、向かったのはホテル最上階のレストラン。

蓮斗さんの姿が見えると、レストランの黒服の男性はこちらに向かって頭を下げる。もうここに訪れることが伝えられていた様子で、上着を預けるとスムーズに席へと案内された。

天井の高い解放感のある空間。ネイビーのクロスのかけられたテーブルが並ぶフロアを進んでいくと、一面のガラス張りが広がる。向こうには、夜の闇に溶け込む海と、時折やって来る船の明かりが見えた。

噂で聞いたことはあるけれど、このレストランから夏の花火大会が綺麗に見えるらしく、毎年ＶＩＰがこぞって集まっているという。特等席で食事をしながらの花火は格別だろう。

他愛ない話をしながらコース料理を楽しむ。

「いただきます」

ナイフとフォークを手に、オマール海老の前菜に取りかかろうとしたとき、蓮斗さんが改まった声で「澪花」と私を呼んだ。

「新居へは来週にでも引っ越しを考えているけど、どうかな？」

「来週？　はい。問題ないと思います」

「日程を決めたら、業者の手配をしておく。それから、婚姻届も用意しよう。タイミングを見て提出しに行こう」

いよいよ本当にこの契約結婚という関係が始まるのだと思いながら「わかりました」と返事をする。

母を助けてもらった代わりに引き受けた蓮斗さんの結婚相手。引き受けたからには、その役割を全うしようと思っている。

私の人生、この先誰かと想い合って、いつかは結婚したいなどという淡い希望も夢もない。

ひとり寂しく終わっていくのがわかっているなら、こんなふうに使うのは賢明な判断だ。苦労してきた母のため、なにも惜しくない。

初めていただくホテル・タチバナのフランス料理フルコースは、今まで生きてきた中で一番リッチな食事だった。

和牛ロースのポワレをいただき終えると、デザートが運ばれてくる。

「わぁ、おいしそう」

デザートプレートが運ばれてきたときだった。

視界の端で光が弾けるのが見える。

「えっ……？」

なんだろうと向けた目に映ったのは、夜空に舞う光の大輪。それは次々と上がり、真っ暗な空が明るく輝く。

「花火……どうして、こんな時期に」

ベリが丘で開催される花火大会は毎年夏季。

今は真冬二月になったばかりだ。こんな時期に打ち上げ花火が上がったことは過去にないはず。

「失礼します」

きらめく夜空に見惚れていると、横からスタッフの声が聞こえる。

私のデザートプレートの向こう、蓮斗さんとの間に、かわいらしいパステルピンク色のホールケーキが置かれる。

「澪花、誕生日おめでとう」

ケーキの向こうで蓮斗さんが柔和な笑みを浮かべていた。

「え……私の誕生日、知っていたんですか？」

「ああ、萌花さんから教えてもらった」

ケーキの上には華やかな薔薇のデコレーションと、〝Happy Birthday〟のプレートがのっている。

突然のことに驚いてしまって、すぐにお礼の言葉が出てこない。

ケーキを見つめ、横で打ち上がり続ける花火に目を向け、やっと蓮斗さんと目を合わせた。

「もしかして、この季節はずれの花火も……？」

「澪花の誕生日を祝う、澪花のための花火」

誕生日の記憶は、幼い頃に家族でささやかなお祝いをしたのが一番うれしかった思い出。

大人になってから家族以外の誰かにお祝いしてもらったことはなく、むしろ嫌な思い出しか蘇らない。

お付き合いをして、彼に誕生日を祝ってもらうことに当時の私もひそかに憧れていた。でも誕生日の一日は呆気なく終わり『おめでとう』の言葉ひとつもらえなかった。

それでも自分から誕生日だったことは言い出せず、日が経って何気ない会話の中で二月二日が誕生日だったことを話せば、驚くこともなく軽く受け流された。

当時、相当なショックを受けた。

なにかを期待していたんじゃない。でも、彼と一緒にいる誕生日はキラキラしたイベントになるのだろうと想像していたから。

それからは、自分の誕生日になにか思うこともなく過ごしてきた。

今日だって、普段と変わらない一日を過ごして終わっていくと思っていたのに。こんな、サプライズ……。

「すごい……」

ケーキを見つめる目が、いつの間にか潤んでいることにハッとする。慌てて外の景色に目を向けたものの、やっぱり涙が浮かんでしまっていた。

「あっ、私、誕生日って家族にしか祝ってもらったことなくて、だから、こんな……」

言葉にならない。

そんな私の様子を見守る蓮斗さんは、黙ったまま穏やかな表情でこっちを見つめている。

「ありがとうございます」

やっと口にできたお礼とともに、ひと粒涙が頬を流れてしまう。慌ててそれを隠すように拭った。

自然と笑みがこぼれる。笑顔をつくろうと思ってではなく、気づけばにこりと表情が緩んでいた。

「でも、どうしてこんな……契約結婚の相手に、ここまで?」

「理由が必要か?」

蓮斗さんは優しい微笑を浮かべたまま聞き返す。

その返答ができないでいると、先に彼の薄い唇が開いた。

「ただ笑ってほしかったから。喜ぶ顔を見られたらと思った」

さっき誕生日おめでとうと言われたときから高鳴りだした鼓動が、大きく激しく音を高める。ドッドッと胸を叩くように鳴り、思わず抑えるように胸に手を置いた。

そんなことを言ってくれるなんて思いもしなかったから。

「澪花、渡したいものがある」

蓮斗さんは懐からなにかを手に取る。その手の中には、小さな黒い箱。席を立ち上がり、私の掛けるすぐそばに歩み寄った。

「これは……？」

蓮斗さんがその上部に触れる。ゆっくりと開かれたそこには、輝く大粒の石がのるリングが。

驚いて蓮斗さんの顔に視線を上げると、蓮斗さんは箱の中に視線を落としたままリングをつまみ出す。

「左手を」

言われるがまま左手を差し出す。

蓮斗さんはそっと私の左手を取り、手にしたリングを薬指へとゆっくりはめていく。

「ぴったりだな」

「はい。綺麗……」

冷静に答えているようで、心臓はまた大きく音を立て始めている。左手の薬指ということは、エンゲージリングで間違いない。

こんなに大きなダイヤモンドのリング、本物を間近で見るのは初めて。

照明の光を吸収して、ブリリアンカットされたラウンドダイヤモンドはキラキラと輝きを放っている。

「俺の妻になってもらうという形として、エンゲージリングを」

夢から急に現実に引き戻されたような気がした。

ほんの少しだけ、今日の誕生日を祝ってもらった時間が、契約に囚われない純粋で本物のような気がしていたのだと気づく。

でも、私たちが一緒にいるのは契約結婚をするという大前提があるから。

無条件に想い合って一緒にいるわけではない。おこがましくも、蓮斗さんのような人を相手にそんなことを一瞬でも思った自分が怖い。

「わかりました。大切に、管理します」

それがわかっているのに、さっきの蓮斗さんの言葉と優しい表情がはっきりと頭の中に残っている。

『ただ笑ってほしかったから。喜ぶ顔を見られたらと思った』

その言葉が、向けてくれたやわらかい視線が、本心だったら、本物だったらいいな、なんて思う自分が存在していた。

季節はずれの花火も、かわいらしいバースデーケーキもうれしい。

でもなにより、蓮斗さんのその気持ちがうれしかった。

だから、契約結婚の証であるエンゲージリングは、ほんの少し切ない。

そんな気持ちが芽生えていることで、蓮斗さんを想い始めている自分に気づいてしまった。


一年で一番寒い時期となり、昨日は雪もちらついた。

二月も中旬となる、二月十三日。

新居へと引っ越し、今日で早三日だ。

入居初日、蓮斗さんは夕方から中国へと出張で出かけていった。明日には帰ってくると聞いているけれど、向こうで来月オープンするホテルの視察や現地での打ち合わせで多忙を極めているようだ。

引っ越し早々、この広い新居でひとりで過ごすのは不安もあったけれど、三日経った今ではこのスタートでよかったと思えている。

ただでさえ新しい場所で緊張しているのに、いきなり蓮斗さんとひとつ屋根の下は心臓がもたなかった気がする。

せめて場所慣れしてから共同生活が始まるなら、少しは違うだろう。

蓮斗さんは予告通り婚姻届も用意していて、荷物の運び入れが終わったタイミングでふたりで区役所を訪れた。

互いに記入した婚姻届。提出は事務的で呆気ないものだったけれど、紙切れ一枚で私たちの関係が〝夫婦〟となるのはやっぱり不思議で実感がなくて……。

でも、もうそんなことを言ってもいられない。私は彼の妻として、どこにいても堂々と振る舞わなくてはならないのだ。

ただ、自分の気持ちを自覚してしまったのもあり、この結婚の形をより複雑に感じてしまう。

妻として、形式的に蓮斗さんのそばにいられる存在にはなれるかもしれない。

でも、時にそれが余計に切なく感じることもきっとあるはずだから。

ここに引っ越してから、実家にいるときより通勤もより楽になった。

でも、三日経った今もこの厳重なエントランスに入ることにドギマギしてしまう。

止められないだろうかなんてことを考えながら、常駐のコンシェルジュに頭を下げてエレベーターホールに向かう。

きっとしばらくは出入りにすら緊張は解けない。

「ただいま……」

指紋認証で誰もいない部屋に帰宅する。玄関のセンサーライトが私を照らして出迎えた。

毎日、玄関を入ってすぐに見えるバルコニーのプールには目を奪われる。

今日の夕飯はなににしようかと考えながら、ダブルボウルの洗面台で手洗いを済ませる。

一昨日《おととい》、このマンションからほど近いスーパーマーケットで食材の買い出しをしてきた。キッチンも使ってみないと勝手がわからないから、初日から少しずつ料理を始めている。

実家のキッチンとは違う立派なシステムキッチンは、海外メーカーの高級品。食洗器も海外製だった。さぞかし高額に違いない。

用意された後付けのキッチン家電も最新のものばかりで、ひとつずつ取扱説明書を見て使用し始めた。

でも、私のこれまでの調理経験程度ではここにある家電は出番がないものばかり。宝の持ち腐れだ。駆使すれば手の込んだ料理も簡単に作れるだろうから、これから使いこなせるように料理の勉強もしていきたい。

そうだ、明日ってバレンタインか……。

ふと、今日が二月十三日だということからバレンタインデーの存在を思い出す。

毎年これといって縁のない行事だけど、蓮斗さんのことが頭に浮かぶ。

先日、突然サプライズで誕生日をお祝いしてもらい、とてもうれしかった。

明日帰ってくるなら、なにかお菓子でも……。

そんなことを思っていたとき、リビングのソファに置いたバッグの中から着信音が聞こえてくる。キッチンに入ったところだったけれど、急いでスマートフォンを取りにソファに向かった。

お姉ちゃん……？

画面には姉の名前が。実家を出てから初めての電話だ。

「もしもし？　お姉ちゃん？」

《あ、澪花？　今大丈夫？》

「うん、どうしたの？　なにかあった？」

《さっきね、帰ってきたら書類が届いてて。『田代《たしろ》ファイナンス』から》

田代ファイナンスとは、父が借金をしていた金融会社。そこから書類とはなんだろう？　普段、自宅に郵送されてくる書類なんかない。

《見たら、完済の証明で……》

「え、えぇ!?」

《嘘、澪花も知らないの？》

姉は私がなにか事情を知っていると思って連絡をしてきた様子。でも、今の今までそんなことは把握していない。

まだあんなに残っていた借金が、完済されたって……？

「うん、今初めて知った」

《ねぇ、こんなことができるのって、橘さんしか思いあたらないんだけど、なにも聞いてないの？》

「今、出張で中国に行ってて、明日帰ってくるの。でも、そんな話はなにも」

《そうなんだ。でも、橘さんしかいないよ、絶対にそう》

姉の言う通り、こんなことしてくれるのは蓮斗さんしかいない。でも、急な知らせにただただ動揺が広がる。

「ちょっと、蓮斗さんに確認してみる。また折り返し連絡するね」

姉との通話を終え、そのまま蓮斗さんへ電話をかける。

呼び出し音が繰り返されるのを聞きながら、もしかしたら仕事中なのかもしれないと思う。こんなに急に電話をかけてしまったら迷惑かもしれない。

《はい。澪花？》

そんなことを思っていたとき、スマートフォンから蓮斗さんの声が聞こえてくる。
つながらないと思ってあきらめかけたところで通じて、どきりと心臓が跳ねた。
「ごめんなさい、急に電話して。今、大丈夫ですか？　お仕事中ですよね」
《いや、ちょうど片づいたところだ》
「そうでしたか。あの、お聞きしたいことがありまして……」
《どうした？》
驚いた勢いで電話してしまったこともあり、少し冷静になろうとゆっくりと深呼吸する。でも、今この場で確認しないわけにもいかない。
「少し前、姉から連絡があって……我が家の負債が、完済されたと連絡がきたそうなんです。蓮斗さん、ですよね？」
《ああ、そうだ。伝えるのが遅れて申し訳ない》
やっぱり……！
「そんな、母の治療費に加えてそんなことまで……！」
《澪花は俺の妻だ。なにか問題があるか？》
〝妻〟などと言われて鼓動が跳ねる。こうして改めて口にされるのはやっぱり落ち着かない。

《君の抱えるものは、俺もともに背負うつもりで一緒になると決めた。あたり前のことをしただけだよ》

「あたり前って……でも、母の治療の面倒を見ていただいただけでもう十分お世話になりましたから」

それだけでも申し訳なかったのに、まさかうちの借金まで背負ってもらうなんてやっぱりだめ。蓮斗さんがかまわないと言っても私がそれを許せない。

「蓮斗さん、やっぱり――」

そんなとき、向こうで《社長》と蓮斗さんを呼ぶ男性の声が聞こえた。秘書の方だろうか。蓮斗さんは私へ《ちょっと待って》と言って向こうの応対に入る。

《澪花、ごめん。この後、急な会食が入った。終わった頃にかけ直してもいいか?》

「あ、はい。すみません、お忙しいのに私の話で時間を」

《そんなことはかまわない。それじゃ、また後で》

通話を終え、小さく息をつく。

やっぱり、予想通り蓮斗さんが返済を……。

我が家が借金を抱えていることは、蓮斗さんには話していない。

蓮斗さんほどの身分の方になれば、たとえ契約結婚とはいえ相手の身辺を調べるのが普通なのかもしれない。

でも、借金なんか抱えている家庭の娘と一緒になるなんて、蓮斗さん的にも、もちろんご両親からしても言語道断ではないのだろうか。そんなことを今さら考える。

「お姉ちゃんに、電話しなきゃ……」

その後、やはり返済は蓮斗さんだったことを姉に報告した。

姉は『やっぱり……』と驚きながらも納得していた。

通話を終えてスマートフォンを見ると、さっき電話をかけ直すと言って通話を終えた蓮斗さんからメッセージが入っていた。

【少し遅くなるかもしれない。待たせるのは悪いから、気にせず眠って。明日には帰るから、会ったらゆっくり話そう】

そんなメッセージを見て、やっぱりなにか作ろうとキッチンに向かった。


翌日。二月十四日。

今日は月の勤務時間の調整でもともと午後は半休を取っていたので、十三時まで働いて退社した。

蓮斗さんの帰宅時間次第では、もしかしたら夕飯は一緒に新居で取るかもしれない。

それを考えたら、食事の支度をする時間も取れるからタイミング的に半休を取っていて正解だった。

会社からマンションに帰る途中でスーパーマーケットに立ち寄る。

考えてみれば、蓮斗さんの食事の好みもまだ聞けていなかった。和洋中、どれが好きなのだろう?

食事は何度か一緒にしたけれど、どれも非日常的なオシャレで豪華なものばかり。

普段、自宅ではどんなものを食べているのだろう。

もしかしたら、外食が主で家庭料理みたいなものは食べないのかもしれない。会食も多そうだし……。

そもそも、蓮斗さんのような人は一般的な家庭料理なんて口にするのだろうか。肉じゃがとか、野菜炒めとか、私が普段作ったり食べたりしているようなメニューなどは縁がなさそうなイメージしかない。

ともかく、好みは会ったときに聞くとして、苦手な食べ物やアレルギーの食材だけは把握しておきたいもの。

考えた結果、今日はビーフシチューとサラダ、パンを焼いてみることに決めて材料を買って帰った。

帰宅後、買い物してきた食材を冷蔵庫にしまう。

冷蔵庫の一角には、昨晩作ったチョコレートプリンが冷やされている。バレンタインデーになにか手作りお菓子を用意したいと思い、昨晩キッチンに立った。

今日ここに帰ってきて食べてもらえたらいいなと思っているけれど、蓮斗さん甘いもの嫌いじゃないかな……？

冷蔵庫に食材をしまい終えたとき、スマートフォンが着信する。

画面には蓮斗さんの名前が表示されていた。

「はい」

《澪花？　お疲れさま。今、大丈夫？》

「お疲れさまです。はい、今、新居のマンションです」

《そうか、もう帰ってたんだな。半休と聞いていたから、もしかしたら帰宅してると思って》

「どうかされたんですか？」

《もう少しで本社に到着するところなんだが、書斎のデスクに今から必要な書類が置いてあるんだ。本来なら秘書に取りに行ってもらうところだが、出張直後であいにく動きがつかない。悪いが、届けてもらえないか》

「わかりました。お届けします」

《都合はつくか？　無理を言うのは申し訳ない》

「大丈夫です。今から夕食の準備をするところだったので、先に書類をお届けします」

《悪い、助かるよ。受付には話を通しておくから》

蓮斗さんは最後にまた《ありがとう、気をつけて》と言って通話を終わらせた。

すぐ蓮斗さんの書斎に向かう。

「失礼、します……」

黒で統一された落ち着いたコーディネートは、仕事に集中できそうな空間。初めて入ったけれど、越してきたばかりなのにきちんと整理整頓がされている。それに、なんだかいい香りが漂う。爽やかなフローラルシトラス系の香りだ。

デスクの上にまとめて置いてある書類を見つけ手に取った。一緒に置いてあった会社名の入る封筒に書類を収納する。

そのまま身支度をして、再びマンションを後にした。

小走りで進み、ホテル・タチバナに隣接する本社ビルを目指す。

社屋の方を訪れるのはこれが初めて。十階ほどの自社ビルのエントランスを目にするだけで緊張が増してくる。

いざ向かおうとしたときだった。

「お姉さん、ここの社員さん？」

「見ない顔〜」

向こうからやって来たスーツ姿の男性ふたり組に話しかけられる。この辺りのビジネスパーソンだろうか。

「ごめんごめん、急に話しかけられて怖いよね」

「そうだよ、怖いだろ。この人、好みの子だとすぐ声かけちゃうから」

微妙な話になり、急激に顔が引きつる。

こんな道端で白昼堂々、見知らぬ男性に声をかけられたことなんて初めてで、どうしたらいいのかわからず立ち止まったままふたりに囲まれてしまう。

「今度でもいいからさ、飲みに行こうよ」

「おいおい、早いな誘うのが」

今すぐこの場を去りたい。

「連絡先交換しようよ」

この場をどう切り抜けようかと考えながら「ごめんなさい」と言ったとき、視界の端に人の影を捉える。

「澪花様」

振り向くと、タチバナのエントランスから眼鏡をかけたスーツ姿の男性が現れていた。私に向かって丁寧に頭を下げ「お待ちしておりました」と挨拶する。

秘書の方だろうか。慌ててぺこりと頭を下げる。

「ご挨拶が遅れて申し訳ありません。社長秘書の加賀と申します」

サラサラの真ん中分けの黒髪にシルバーフレームの眼鏡をかけ、きっちりと濃紺のスーツを着こなす雰囲気は知的な印象を与える。

蓮斗さんの秘書だという加賀さんとは初対面だ。

そんなやり取りをしているうち、話しかけてきていた男性ふたり組はそそくさと私の前から立ち去っていく。

加賀さんがいいタイミングで声をかけてくれて助かったとホッと安堵した。

「はじめまして。澪花と申します。いつもお世話になっております」

そう言ってみて、間違えた⁉と一瞬焦る。でも、加賀さんは「こちらこそ、いつもお世話になっております」と言葉を返してくる。

私が蓮斗さんの結婚相手だということは加賀さんもすでに知っているはず。だとすれば、妻として今の挨拶は間違っていないはずだ。

「社長がお待ちです。ご案内いたします」

加賀さんに先導され、二重の自動ドアを入っていくと、エントランスホールが広がった。

中央では巨大な装花が存在感を放っていて目を引く。ホテルの方のエントランスロビーも豪華に飾られているけれど、社屋の方でも同じように緑と花々が華やかな来客を迎えてくれる。

正面奥に受付のカウンターがあり、そこにふたりの女性が掛けていた。

加賀さんはエレベーターホールに入り、上階に向かうボタンを押す。数秒すると二基あるうちの手前側のエレベーターが到着した。

加賀さんが丁寧にドアを押さえ「どうぞ」と私を促す。

エレベーターに乗り込み、最上階の十階を指定した加賀さんは私に振り返った。

「私の不手際で、ご足労いただき申し訳ありませんでした」

「い、いえ！　そんなことありません。時間はありましたし、気になさらないでください」

丁寧な謝罪に動揺してしまう。書類を届けるくらいどうってことない。

「先ほどは大丈夫でしたか」

「えっ、あ、はい」

一瞬なんのことだろうかと思ったものの、すぐに今さっきビル前で知らない男性たちに声をかけられたことだと気づく。

「もう数分、お迎えに上がるのが早ければと。申し訳ありません」

「大丈夫です。すみません、ご心配をおかけして」

そんな会話の中、エレベーターは十階に到着する。

ほかのフロアは見ていないけれど、ここは廊下に絨毯が敷かれた重厚な空間。オフィスビル内のはずなのに、ホテルの中のようだ。

日本《にほん》で屈指のホテル事業を展開する大企業なのだから、そこら辺の一般企業の社屋

とはわけが違う。

ここを訪れてからずっと、こんな立派な会社のトップである蓮斗さんはやっぱり住む世界が違う人なのだと思い知らされている。

加賀さんの先導で向かった最奥には、彫刻された重そうな木製の扉があり、加賀さんはその前でドアをノックした。

「失礼いたします。澪花様がご到着されました」

加賀さんは中に声をかけ、私へ「どうぞ」と入室を促す。ドアを入ってすぐには観葉植物が目隠しのように置かれていた。

「失礼します」

部屋の中は温かく、爽やかなシトラス系の香りが鼻をかすめる。さっき、新居のマンションの蓮斗さんの書斎で感じたものと同じだ。

「寒い中悪かったな」

奥のデスクから立ち上がった蓮斗さんと顔を合わせる。出張に出かけて以来、こうして会うのは数日ぶり。自然と鼓動の高鳴りが始まる。

「いえ。出張お疲れさまでした」

背後から「社長」と加賀さんが声をかけてくる。「なにかありましたらお呼びください」と言い残し、部屋を出ていった。

「あのこれ、頼まれた書類です。デスクにあったのをそのまま持ってきたんですけど」

「ありがとう。助かる」

書類を受け取り、蓮斗さんは私の背に手を添える。「澪花、こっちに」と、応接セットのソファに連れていかれた。

「失礼します」

蓮斗さんとともにソファに腰を落ち着かせる。同時に両手を取られ、突然のことに目を見開いた。

「手が冷たい」

「あ……大丈夫です」

私の手を包み込む彼の手が温かくて、鼓動が早鐘を打ち始める。温めるように優しくさすられると、途端に落ち着かない気持ちが押し寄せて視線が宙をさまよった。

「持ってきてもらったこの書類を処理したら、その後に少し時間が空く。ここで少し待ってもらっていいか、送っていく」

「わかりました」

蓮斗さんは私から手を離し、書類を手に足早に奥のデスクへ向かう。

チェアに腰を下ろし、私が持ってきた封筒から書類を取り出して目を通し始めた。

紙がめくられる音が静かな部屋に時折聞こえてくる。

少し前まで私の手を握っていたのに、今は真剣な目をして書類を見つめている。

確認を終えたのか、スマートフォンを手に取りどこかに連絡をする。会話から、相手は先ほどの加賀さんだとわかった。

数分後、部屋の扉がノックされ、「失礼します」と加賀さんが入室してくる。

加賀さんは今の書類一式を受け取り、蓮斗さんとなにか話をすると、またひとり部屋を出ていった。

「観察できたか」

「えっ、あ」

けばじっと蓮斗さんがデスクについてから、今、加賀さんが書類を持って出ていくまで、気づ
蓮斗さんはいっさいこっちを見なかったけれど、私が見ていたのに気づいていたの
かもしれない。いや、気づいていたのだろう。

「ごめんなさい、つい見てしまいました」

素直に白状すると、蓮斗さんはふっと笑う。

「別に謝ることはないだろ。むしろ俺には光栄なことだ」

「光栄って……」

そんなふうに言われるとどんどん恥ずかしくなってくる。

「今日はこの後十七時から急遽会議が入ったんだ。それまでの時間、少し一緒に過ごせたらと思って」

「そうなんですね」

昼過ぎに帰国して、即日会議に出席するなんて多忙すぎる。一日のスケジュールも分刻みという感じなのかもしれない。

蓮斗さんは席を立ち、「行こう」とそばにかけてあるスーツの上着を手に取る。

「せっかく新居での生活が始まると思ったら、早々にひとりにして悪かった」

「いえ、お仕事ですから仕方ないです」

蓮斗さんに続いて社長室を出る。

一歩うしろを歩き、さっき乗ってきたエレベーターに乗り込むと、蓮斗さんは地下一階を階数指定した。

「新しい住まいには慣れたか」

「そうですね、少しは……いや、でもまだ慣れないです」

「もし不自由があったら遠慮なく言ってくれ」

「それはまったくないです。ものすごく快適です」

そんな会話をしているうちに、エレベーターは地下へと到着する。

地下は駐車場となっていて、一番手前の広いスペースに蓮斗さんの車が駐車されていた。

エレベーターを降りる際、蓮斗さんは私に向かって手を差し伸べる。

相変わらず鼓動を弾ませて手を伸ばすと、蓮斗さんは私の手を掴み引き寄せた。

「まだ手が冷たいな」

「一度冷えるとダメなんです。お風呂に入って温まるまで」

「冷え症なんだな」

足先や指の末端が冷たくなるのは昔から。冬はあまり得意ではない。

車に乗り込むとすぐに駐車場から地上に出ていく。

「あの、十七時から会議ということは、そんなに長くは空き時間ないですよね？」

「ああ、そうだな。今からだと、帰って一時間くらいでまた戻らないといけないな」

そのくらいあれば話せるだろうか。

借金完済のことについて、昨日の電話では時間がなくて曖昧なままになってしまったから、今日はちゃんと話をしたい。

そのことを頭の中で整理しながら、マンションまでの道のりを車に揺られた。

ふたりで一緒に玄関を入るのはこれで三度目。ここに初めて来たとき、引っ越しをした日、そして今日。

リビングに入って見た時刻は十四時五十五分。蓮斗さんは十七時から会議だというから、おそらく十六時過ぎにはここを出ることになるのだろう。

「なにか淹れます。コーヒーとか紅茶とか、なにがいいですか？」

キッチンに入りながら蓮斗さんに声をかける。彼はリビングの広い窓から空を見上げていた。

「どちらでもいいよ。澪花が飲みたい方に合わせる」

そう言われて、作ったチョコレートプリンのことを思い出す。

今晩何時に帰宅するかわからないから、バレンタインとして渡すなら今がチャンスかもしれない。

でも、寸前になって出すことを躊躇してしまう。

甘い物が好きか嫌いかもリサーチしていなかったし、そもそも、バレンタインという行事に乗っかって手作りでスイーツを用意したなんて浮かれているみたいだ。

冷蔵庫を開けたまま考え込んでしまい、早く閉めてくれとお知らせブザーが鳴ってハッとする。

「どうした？」

「ひゃっ」

それと同時、突然背後から胴に蓮斗さんの手が回された。うしろから抱き寄せられた体勢に瞬きを忘れる。

「開けっ放しはやめましょう」

どこかふざけたような口調で言った言葉が、耳のすぐ上から聞こえてくる。蓮斗さんの手が冷蔵庫の扉を閉めた。

「あ……あの、甘い物って嫌いじゃないですか？」

さんざん悩んでいたくせに、勢いあまって聞いてしまう。この状況に動揺しすぎたせいだ。

「嫌いじゃないよ」

「でしたら、実は昨日作ったものが……」

閉められたばかりの扉を開き、バットに並べて冷やしているチョコレートプリンに手を伸ばす。

私に回っていた蓮斗さんの手が自然に離れていった。

「チョコレートプリンを、作ったんです。よかったら食べませんか？」

「へぇ、お菓子が作れるのか。ぜひいただく」

蓮斗さんは私が取り出したチョコレートプリンへと視線を落とし、微笑を浮かべる。

「じゃあ、紅茶を淹れますね」

そそくさと紅茶を淹れる準備に取りかかると、蓮斗さんはキッチンから出ていった。

心臓がドキドキと高鳴っている。

突然急接近され、うしろから腕なんか回されたせいだ。ちょっとバックハグみたいな感じだったなんて思い返すと、顔まで熱くなってくる。

「でもなぜ、チョコレートプリンを？」

「……へっ、あっ」

急に話しかけられ、驚いて手にしていた紅茶缶の蓋《ふた》を落としてしまう。心の中で〝少し落ち着け、私！〟と自分に声をかけた。

「大丈夫か？」

「あ、はい、大丈夫です。えっと、今日がバレンタインデーだったので、その……先日の、誕生日もお祝いをしていただきましたし、そのお礼と言ったら変なのですが、イベント事に便乗したと言いますか」

平静を装おうとすれば、説明っぽく、尚且つ早口になってしまう。つくづく、男性とのやり取りに慣れていない自分にがっくりくる。

「そうか、今日は二月十四日か」

蓮斗さんは言われて気づいたみたいな様子を見せる。

蓮斗さんほどの人になれば、チョコや贈り物が湧くように集まると思っていたけど。甘いものも嫌いじゃないというし……。

「バレンタイン、たくさんいただくんじゃないですか？」

「いや、そんなことはない。数年前から受け取らないようにしているんだ」

「え……受け取らないように？」

すごく興味深い回答がきて、つい聞き返してしまう。

やっぱり、かなりの量の贈り物がくるようだ。でも、公に受け取らないと公表したのかもしれない。

お返しをするのも大変な量が平気で集まりそうだし、そういうのはどうしていたのだろう？　すごく気になる。

そんなことを考えているうちに紅茶ができあがる。ティーカップに注ぎ、チョコレートプリンと一緒にリビングのソファ席に運んだ。

「お待たせしました」

「ありがとう」

ふたり分の紅茶、蓮斗さんのチョコレートプリンをガラス製のローテーブルに置く。

チョコレートプリンには、上に少しクリームを絞り、ミントの葉を添えた。

「おいしそうだな」

「そうですか、よかった」

見た目は合格をもらえたようだ。

蓮斗さんは「早速」とスプーンを手に取る。

「いただきます」

「はい、お口に合えばいいんですけど……」

昨日味見をしたときは問題なくおいしかった。でも、蓮斗さんがおいしいと感じるかはまた別問題。スイーツだって極上のものしか口にしないだろうし……。

「うん、うまい」

不安に思っていたところに安堵する感想が届く。

「口あたりもなめらかでおいしい」

よかった……。

「お口に合ったのでしたらホッとしました。すみません、バレンタインは受け取らないのに、押しつけたみたいになってしまって」

「なに言ってるんだ、澪花は別に決まってる」

「え……？」

「澪花のしか受け取らない」

爽やかな笑みを浮かべてサラッとそんなことを言われると、一気に顔に熱が集まってくる。あきらかに赤面した自覚があり、恥ずかしくて顔をうつむけた。心拍もどんどん上がっているのを感じる。

私のしか受け取らないなんて、特別だと言われているようで落ち着かない。困ったことに、うれしいという感情も出てきてしまった。

特別かもしれないけれど、それは契約結婚の相手だからということ。仮にも妻にはなるからだ。そこに特別な感情があってとかではない。

それなのに、私はひとりで意識してしまっている。

そんな様子の私を蓮斗さんはくすっと笑い、また「うん、うまいよ」とチョコレートプリンに取りかかる。

なんと言ったらいいのかわからなくて、「ありがとうございます」と感謝の気持ちを口にした。

「澪花……？　さっき、加賀から報告があった。会社の前で見知らぬ男たちに声をかけられていたと」

なんの前置きもなくさっきの一件を持ち出されて、どきんと鼓動が高鳴る。

今さっきの出来事がすでに蓮斗さんに伝わっていたことにも驚いた。

「どこのどいつだ、俺の妻に気安く声をかけるなんて。普段からよくあるのか、知らない男に声をかけられることは」

「な、ないです！」

ナンパのようなものをされたことは今までほとんどない。さっきのはたまたまだ。暇つぶしのようなものだろう。

「そうなのか？ 今さらだが、ひとりで歩かせるのが心配になってくる」

「そんな、大丈夫ですよ！」

蓮斗さんが意外にも心配性で内心驚く。

誰がどう見ても美しくて素敵な女性にならそんな心配をするのは当然だけど、私になど心配ご無用だ。

「大丈夫って、自覚していないのがまたかわいい」

「えっ、そんなこと！」

たじたじになる私を蓮斗さんはくすくすと笑う。強めに「大丈夫ですから！」と言ってごまかすように紅茶のカップを手に取った。

「たとえ今日のように話しかけられたとしても、私は男性と話すのは苦手ですから」

初めは、蓮斗さんともこんなふうに話すことはできなかった。

彼の誠意や真摯な姿に少しずつ心が溶かされていった結果だ。

それから少しの間会話は途切れ、淹れたての紅茶を楽しむ。ダージリンの芳醇な甘みを楽しみながら、話そうと思っていたことを切り出すなら今がチャンスだと口を開いた。

「蓮斗さん、あの、昨日電話で少し話したことなんですけど」

ティーカップに口をつけていた蓮斗さんはソーサーにカップを戻す。「どうした?」と私に視線をよこした。

「我が家の、負債を完済していただいた件です」

「ああ、たしかに話の途中だったな」

蓮斗さんは〝それがどうかしたか?〟といった調子で私を見つめる。

伝えようと頭の中で考えてきたことを整理し、気持ちを落ち着かせて口を開いた。

「昨日、言ってくださったことはすごくうれしかったです。でも、やっぱり私がきちんと返済したいんです」

姉から話を聞いた後、ずっと考えていた。

何度考えても、どう考えても、私の返事はただひとつ、変わることはない。

私の知らない間に、蓮斗さんが我が家の抱える借金まで返済してくれていたこと。

私が抱える問題は自分の問題でもあると言ってくれたけれど、それは契約結婚をして夫婦になったからだ。

それでも私のことを、私の事情を、気にかけて解決しようと動いてくれたことはうれしかった。その気持ちだけでもう十分。

「本当に、うれしかったんです。かけてもらった言葉も」

「それなら素直に受け入れたらどうだ？」

蓮斗さんの言葉に、はっきりとした声で「いえ」と答える。

「支払いは必ず、今まで通り、立て替えてくださった蓮斗さんにお返ししたいと思います。それが、あなたの優しさに応える唯一の方法だと思うから」

じっと彼の目を見つめ、揺るぎない想いを伝える。

互いに真剣な面持ちで数秒見つめ合うと、蓮斗さんは気が抜けたようにふっと表情を緩めた。

「参ったな。澪花には負けたよ」

蓮斗さんは不意に私の手を取り、そのまま引き寄せる。

あっと思ったときには彼の腕の中に包囲されていた。

「わかった。澪花の気持ちは尊重する。でも、忘れないでほしい。俺はこれから、澪花の一番の理解者になるし、いつだってなにがあっても君を守っていくと決めている。だから、ひとりで抱え込まないでくれ」

どうしてそんな、心が揺れるような言葉をかけてくれるのだろう。

高鳴る鼓動が安らぎを覚え、それは温かく心地のいい拍動となっていく。

母の体の心配をする私を気遣い、蓮斗さんは常に不安な気持ちに寄り添ってくれた。

金銭的な支援のことだけじゃない。私の心を救ってくれたのだ。

「どうして……私なんかに、そんな……」

「私なんか？」

私を抱きしめる腕に力がこもる。さらに体が密着して、蓮斗さんは私の背中を優しくさすった。

「澪花、よく聞いてほしい。俺は、君が憂いていることはすべて取っ払って、心の底から幸せにしたいんだ」

耳もとで聞こえるささやくような声。

初めは、いつもと一緒。男性とは目を合わすことも、話すこともできれば避けたかった。

半ば強引に関わりを持とうとされたことにも困惑しかなかった。

どこかで逃げるタイミングをうかがっているような私だったのに、蓮斗さんはいつも真っすぐに私を見て、そして関わってくれた。

だから、少しずつ気持ちが動いて、今は彼のことを想っている自分がいる。

でもこれは契約結婚という関係。蓮斗さんが言う〝妻〟とは、契約上での間柄だ。

心を持っていかれてはダメなのに、好きになってはいけないのに。

悪戯に微笑む綺麗な顔に胸がぎゅっとなる。目前で見つめ合うと、奥二重の切れ長の目が近づくのを感じた。

目を閉じれば、唇の触れ合う感覚だけが研ぎ澄まされる。そっと重なった口づけはすぐに離れ、また新たに重ねられる。それを何度か繰り返されると、どんどん体の熱が上がっていくのを感じた。

静寂に包まれるリビングに、スマートフォンの着信音が鳴り響く。

蓮斗さんは私を解放し、通話に応じる。どうやら仕事の連絡のようだ。

「幸せな時間はあっという間に過ぎるものだな」

そんな言葉を聞いて見た腕時計の時刻は十五時四十五分。もうそろそろ蓮斗さんは会社に戻らなくてはいけない時間だ。今の電話はなにか急ぎの連絡だったのかもしれない。

「今晩は帰りが遅いかもしれない」

「そうですか。夕食は一緒には厳しいですかね？」

「そうだな、先に食べていた方がいいと思う」

初めて一緒に食事ができると思っていたから少し残念。でもこればかりは仕方ない。

「わかりました」

蓮斗さんの指先が頬に触れる。近距離で視線が重なり合ってどきっとした。

「そんな顔しないでくれ」

そう言われて、残念な気持ちが顔に出てしまっているのだとハッとする。

蓮斗さんはふわりと笑って、私の頭を優しくなでた。


こめかみをそっとなでられる感覚に、徐々に意識がクリアになっていく。

薄っすらと目を開けた先に、かすんで綺麗な顔が見えてきて、一気に目が覚めた。

「……れ、蓮斗さん？」

「おはよう」

横にいたのは蓮斗さんで、腕枕で半身を起こし微笑を浮かべている。

えっ、横になってるってなぜ……!?

勢いよく体を起こして、寝室のシルバーグレーのシーツがかけられた広いベッドの上にいることに頭の中が混乱を極めた。

だって、おかしい。昨晩は、たしか、たしか……。

記憶をたどる。でも、いくら考えても昨晩はリビングのソファに腰掛けたところまでしか記憶が残っていない。

昨日の晩、蓮斗さんは宣言通り帰りが遅く、私はひとり用意したビーフシチューをいただいた。

それから入浴をし、蓮斗さんの帰宅を待とうとリビングのソファに腰を下ろした。

そこまでの記憶しかない。

それなのにベッドで寝ていてしかも蓮斗さんも一緒だなんて、どういうこと……？

起こされて、寝ぼけながら移動した？　だとしても、まったく記憶がないなんてありえない。

「いつお帰りになったんですか？」

「二十二時前には帰ってきた」

それなら、私がソファに座って三十分もしないくらいだ。

「帰ったら、澪花がソファで寝ていたからここまで運んだ」

「えっ、ご、ごめんなさい！」

蓮斗さんが寝室まで運んでくれたなんて申し訳なさすぎる。

お世辞にも軽いとは言えない体重だし、寝ている人を運ぶのは通常より重いはずだ。

「俺の方こそ待たせて悪かった。帰りを待ってくれていたんだろう？」

「そうですけど、でも、寝落ちでご迷惑を……」

「そんなことくらい迷惑なんて言うな」

蓮斗さんの大きな手が私の頭をぽんぽんとする。

寝起きのぼうっとした頭がやっと働き始め、蓮斗さんの姿に鼓動が音を立てる。

いつもきっちりとセットしている髪は無造作に流れていて、Tシャツなんてラフなプライベートな姿が新鮮でつい観察してしまう。

じっと見ていると、突然「澪花」と名前を口にされ、びくっと肩が揺れた。

「昨日言いそびれたが、近いうち両親に会ってもらいたい」

「え……ご両親に」

「ああ、まだ会わせてなかったからな」

ご両親の話題が出て、ふとさまざまな疑問が浮かんでくる。

契約結婚というのは私たちだけの秘密。私も家族には話していない。

蓮斗さんもご両親には話していないはずだけど、だとすれば、私とは恋愛結婚だと話しているはずだ。

でも、それをご両親は納得しているのだろうか。

蓮斗さんのような由緒正しい家の跡取りが、いくら恋愛結婚とはいえ私のような一般庶民と一緒になるなんて許さないのではないだろうか。

身分相応な相手、大企業のご令嬢だとか、そういう女性とお見合いとかして結婚することを求めているだろうから。

そもそも今回の契約結婚は、蓮斗さんが望まぬ見合いから逃れるために私に持ちかけてきた話だった。

だとすれば、ご両親からすれば私は歓迎できない存在では……？

婚姻届も出した後にそんな重要なことが気にかかる。いろいろバタバタとしており、考える余裕がなかった。

「あの、蓮斗さん。ご両親は、この結婚については……？」

「澪花と一緒になったことは、両親には話してある。俺が時間がとれず会うのは婚姻届を出した後になることもな」

「そうでしたか。なにも、言われませんでしたか？」

私の言いたいことが伝わったのだろうか。蓮斗さんはわずかに口角を上げ「大丈夫」と微笑む。

「これまで、親の言うことはなんでも聞いてきた。だから、結婚相手くらいは自分で決めたいと話した」

気のせいかと思うほど一瞬、蓮斗さんの表情に陰りが見えた。でもすぐに穏やかな笑みに戻る。今のは見間違いだろうか。

「でも、なにも心配いらない。近いうちに日程の候補を知らせるから、都合のよさそうな日を教えてほしい」

「わかりました」

大丈夫ですと口にしたものの、やっぱり不安は拭えない。

それでも、蓮斗さんとの契約結婚の役割を果たすため、私は蓮斗さんのご両親に受け入れてもらう努力をしなくてはならない。

ベッドから出ていく蓮斗さんの姿を見ながら、そんなことをぼんやりと考えていた。

＊＊＊

伏せた長いまつ毛に白い瞼。さっきから目の前の寝顔を見つめているけれど、一向に飽きる気配はない。

誰かにここまで執着する気持ちなんてこれまで感じたことはない。

こうして眠る彼女のことを見つめながら、自分の想いをはっきりと自覚していた。

先日の澪花の誕生日。ささやかでも彼女が生まれた日を祝えたらと思って用意した席で、澪花と幸せなひとときを過ごすことができた。

喜ぶ顔が見たい、笑顔が見られたら。ただその思いだけしか頭になかった。

どうしたら彼女が笑ってくれるのか。

それを考える時間は心が弾み、それだけで幸福感を得られる。そんな経験はこれまでの人生ではなく、不思議な感覚だった。

驚いたり、くしゃりと笑ってみたり、涙を浮かべてみたりと、さまざまな表情を見せてくれただけで、あれこれ考えてよかったと思える。

同時に、もっと彼女を喜ばせたいという願望さえ芽生えた。

だからあの席で、エンゲージリングを渡すのを躊躇した。

今これを渡せば、この幸せなひとときが終わってしまう。

契約結婚の関係だから、こんなふうに祝ってもらえたんだ。そう、彼女に思われたくなかった。

自分で持ちかけた契約結婚なのに、こんなにも自分の首を絞めるとは思いもしなかった。

それでも、彼女との関係をつなぎ止めるためにあのときの自分はこうするしかなかった。

後悔はない。これから彼女の一番近くにいられる存在になるのなら、たとえ契約結婚だとしてもかまわない。

自ら契約結婚を提案した手前、彼女が自分に好意を抱いてくれるまでこの想いは秘めておこうと思っている。

それまで大事に育てて、時がきたらあふれそうな想いのすべてを伝える。

7、募る想いと切なさと

三月に入ると春はすぐそこだと思いがちだけど、気温的にはまだまだ寒い。

今日も最高気温は十二度らしく、コートは必須だ。

着替えをし、メイクをして髪を整えて、姿見に映る自分の姿をチェックする。

ピンクベージュのAラインワンピースに、ホワイトのコート。清楚で落ち着いたコーディネートは、蓮斗さんがこの日のために用意してくれたものだ。

今日は、蓮斗さんのご両親と初顔合わせの日。とうとうこの日がきてしまった。

着替えを済ませてリビングに出ていくと、蓮斗さんが私の姿を目に開口一番「いい感じだ」と褒めてくれた。

「大丈夫ですか？　よかった。用意していただきありがとうございます」

「ああ、かまわない。でも、少し顔が眠そうだな」

「えっ、嘘」

たしかに、言われてみれば顔が若干目覚めていないような気もする。

昨晩はいよいよ迎える顔合わせを前に、なかなか寝つくことができなかった。

そんな私の様子に蓮斗さんはいち早く気づいて、隣で寝つくまで寄り添ってくれていた。ただ黙って、髪をなでてくれて。

それでもちゃんと眠りにつけたのは深夜一時を過ぎていたと思われる。

「冗談、大丈夫だよ」

「本当ですか？」

「昨日、なかなか寝つけなかったようだからな」

「はい。すみません、私が眠れないのに、付き合わせてしまったようになって」

蓮斗さんもきっと寝不足だよね。

「俺は澪花の寝顔を眺めて幸せだったからなにも問題ない」

そんな言葉にぴょんと鼓動が跳ねる。

不意に私がどきりとすることを言うから、油断しているとそれが顕著に表に出てしまう。今だって凝りもせず顔が熱くなってきているし……。

そんな様子の私を観察して、満足そうにふっと蓮斗さんが笑うまでがセットだ。

「準備ができたら、そろそろ向かうか」

「はい、そうですね」

顔合わせの席は、蓮斗さんが櫻坂エリアの高級割烹店のお店を予約してくれている。

事前にどんなお店か予習しておこうとネットで調べてみたら、相当な高級店のようで詳細は書かれていなかった。

櫻坂のお店だから、間違いなく敷居をまたぐだけで緊張するはずだろうけど……。

とにかく粗相のないように気をつけなくてはならない。

こんなことばかりで頭がいっぱいで、だから昨夜もなかなか寝つけなかったのだ。

今日は蓮斗さん専属の運転手の方が目的地まで向かってくれることになっている。

仕事で飲酒をする可能性がある日など、自分では運転しないこともよくあるらしい。

「澪花」

マンションを出てすぐ、隣にいる蓮斗さんが声をかけてきた。

目を向けた私の手を取り、「大丈夫か」と聞く。

きっと、緊張があらわになっているのだろう。

「ごめんなさい。やっぱり、緊張してきました」

「相手の親に会うんだ、緊張はするよな。俺も、澪花のお義母様に初めて挨拶したときは緊張した」

「そうだったんですか？　全然そんなふうには……」

「見えなかったって？」

蓮斗さんはくすっと笑う。

「大丈夫だ、普段通りの澪花でいれば。俺がそばにいる」

蓮斗さんから心強い言葉をかけてもらい、しっかりしようと自分自身にも言い聞かせる。

いよいよ目的の高級割烹店に到着し、店前で車が停車した。

石畳が出迎え、暖簾の下がる玄関先には緑で細い竹のような見た目のトクサが植えられている。

店の前に植えられているのはもみじのようで、今は赤い新芽をつけている。

蓮斗さんにエスコートされて、お店の中へと入っていく。

「あら、蓮斗」

入口を入った先に男女の先客がいて、その女性の方が振り向きざまに声をあげる。

心の準備が完了する前にエントランスでご両親と対面してしまい、じわりと背中に汗をかいた。

「今日はありがとう」

「いいタイミングね。入りましょ」

とにかく挨拶をしないといけないと思い口を開く。

でも、「はじめま――」と言いかけたタイミングでお義母様は待機する着物の女性スタッフについて店内奥へと歩いていってしまった。

その後にお義父様も続き、蓮斗さんとふたり取り残される。

「どうしよう、ご挨拶もできなかったです、ごめんなさい」

身構えるも、完全にタイミングを失って初対面の挨拶ができなかった。

背中にぞくりと悪寒が走る。

「今の感じじゃ、挨拶する隙なんてなかっただろ。大丈夫だ、席に着いてからすればいい」

私の背にそっと触れ、蓮斗さんは安心するような言葉をかけてくれる。

でも、早速失敗してしまった感は否めない。

そうこうしているうちに、ご両親を案内していったスタッフが戻り、「橘様、こちらへどうぞ」と声をかけられた。

向かった席は、店舗最奥の個室。スタッフが「どうぞ」と入室を促す。

蓮斗さんは私がパンプスを脱ぐのを待ってくれ、準備が整ったところでご両親のいる客室の襖に手をかけた。

蓮斗さんが一歩先に部屋に入り、私へ合図するように目を合わせる。

「失礼いたします」

頭を深々と下げたものの、自然と声が震える。

ゆっくりと顔を上げると、ご両親の目がこちらを見ていた。

蓮斗さんに続き、ご両親の前の席にもう一度「失礼します」と言って腰を下ろした。

「こちら、千葉澪花さん。彼女と籍を入れました」

蓮斗さんに紹介され、またその場で頭を下げる。両手を畳につき、しっかりと頭を下げた。

「千葉澪花です。よろしくお願いします」

バクバク鳴る心音が全身を支配する。

じわりと前髪の下の額にも汗をかいてくる。

「はじめまして。蓮斗の父です」

私の挨拶に反応してくれたのは意外にもお義父様の方で、「はじめまして！」とまた頭を下げた。

白髪交じりの髪をなでつけ、シルバーフレームの眼鏡の下にある顔は蓮斗さんとよく似ている。切れ長の奥二重の瞳、すうっと高い鼻梁、しわは目尻や口周りに見られるものの、若い頃から美しい顔立ちだったのだろう。

蓮斗さんもお義父様くらいの年齢になったら、こんなふうなダンディなおじ様になるに違いない。

「蓮斗の母です」

正面に座るお義母様からも続けて挨拶をされ、「よろしくお願いいたします」と深く頭を下げる。

顔を上げてお義母様と目が合い、じっと観察するように見つめられて思わず息を止めた。

きっと、私の母と同世代であろうお義母様は、老いを感じさせない美しい人だ。

艶のある黒髪はアップスタイルにまとめている。額にも、目尻にも、ほうれい線も見あたらず、ぴんと張った肌も綺麗だ。美容にもかなり投資されているに違いない。

顔立ちは、目もとや鼻だろうか、蓮斗さんを彷彿とさせる。お義母様がきりっとした美人だから、その部分も蓮斗さんが受け継いだのだろう。

「蓮斗とは、年末のクリスマスパーティーで知り合ったと聞いたけれど……あなたからアプローチしたの?」

いきなり直球な質問を受け、言葉に詰まる。反射的に「いえ……」とだけ声が出ていた。

「声をかけたのは俺です。ウエイターとぶつかってしまい、服を濡らしてしまったため対応にあたらせてもらったのがきっかけで」

私の代わりにすかさず蓮斗さんが説明をしてくれる。

出会いはたしかにその通りだ。

「そう。それで、そのときに蓮斗と連絡先の交換をしたの？」

「いえ、澪花は迷惑をかけまいと置き手紙だけして立ち去っていたので、そのようなことは」

「置き手紙？」

「はい。着替えのドレス代は支払いに来ると書き残し、名前だけで連絡先はなく。手持ちのお金まで置いてでした」

私の代わりに蓮斗さんがあのときの状況を説明してくれる。

でも、こんなに黙ったままでいいのだろうかと余計に焦りも増してくる。

「全部、こちらが勝手にしたお節介だったのに、驚くほど謙虚で。彼女のような女性にこれまで出会ったことはないです」

「本当に、そんなことは……見ず知らずの私に親切にしていただいて、あのときは感謝の気持ちでいっぱいでした」

私たちのやり取りをお義母様はじっと見つめている。

「それをきっかけに、交際を始めたということ？」

「いえ、何度も断られました。それでも、チャンスが欲しいと懇願して」

つい「懇願なんてそんな」と口を挟む。

蓮斗さんはあくまで自分が一方的に好意を抱き、拒否する私に何度もアプローチをしたのだと伝えるつもりのようだ。

身分の違う私とどうして一緒になったのか、お義母様としては私が玉の輿に乗りたいと思って近づいてきたのだろうと思うに違いない。

私がお義母様の立場なら、間違いなくそう疑うと思うからだ。

「澪花さん、お勤め先は？」

「あ、はい。ナナキタ食品に勤めております」

「ナナキタ食品……」

お義母様は「ふうん」と言い、私から目を逸らす。

どう思われたのかよくわからない反応で、どこを見たらいいのか視線が泳ぐ。

「ご家族は？」

「家族は、母と、姉がひとりいます」

「お父様は？」

「父は、私が高校生のときに他界しまして……」

「そうなの、そんなに早く」
二、三質問をすると、お義母様は黙って食事の続きを始める。話は必要最低限。もうとくに話すことはないという意思がうかがえる。
でも話の流れから、蓮斗さんは私の家の事情は話していないのかもしれないと感じ取る。だとすれば、蓮斗さんが母の治療費やうちの負債を肩代わりしてくれたことも知らないのかも……。

私としては、蓮斗さんにしていただいた厚意をご両親にも知ってもらった方がいいと思う。

でも、蓮斗さんがまだ話していないのは考えやタイミングを見ている可能性がある。

どちらにせよ、私が今ここで話を切り出すのは筋違いなのだと思う。

「そういえば蓮斗、出張から戻ったばかりよね？　中国視察はどうだったの？」

「ちょうどオープン一カ月前のタイミングでしたが、半年先まで予約が埋まっていました」

「好調なスタートね。近々また見に行く予定を立てようと思ってるわ。シンガポールの方もそろそろ着工ね——」

それから話題は仕事の内容へと変わっていき、部屋にはお義母様と蓮斗さん、時たまお義父様の声が聞こえた。

私は邪魔にならないよう黙って、ただ黙々と食事を続けた。


顔合わせの食事会からマンションに帰ってきたのは二十一時前。玄関を入ると、ふっと肩の力が抜け、緊張から解放されたのを感じた。

「今日はありがとう。気を使って疲れただろう」

「いえ。こちらこそ、ご両親に会わせていただきありがとうございました」

リビングに入った蓮斗さんは、スーツのジャケットをソファに投げ置き、そのまま腰を掛ける。

背中を預け、遠くを見るような横顔は、どこか気分が沈んでいるように私の目に映った。

とくに声をかけることもせず、そっとしておきながら、キッチンに入りコーヒーを淹れる。

その間もちらちら様子を見ていたけれど、蓮斗さんは同じ体勢のままだった。

「コーヒー、よかったら」

ふたり分のカップを手にソファに向かい、隣に腰掛ける。

蓮斗さんは私に声をかけられてやっとソファの背もたれから体を起こした。

「ありがとう」

「いえ。あの、大丈夫ですか？」

「え？」

「私の、勘違いならいいんですが……蓮斗さん、元気がないような気がして」

そんなふうに見えても、聞くのは失礼だったかもしれないと一瞬思った。

でも、蓮斗さんはわずかに表情を緩めて私の頭をそっとなでる。

「悪い、気にさせたな」

「ぜんぜん、悪くなんてないです。なにか……ありましたか？」

思い返せば、あきらかに食事会に出向く前と後で様子が違う。

「俺が親なら、我が子が結婚したいと心に決めた相手に会ってくれと言われたらうれしい」

唐突に始まった話に耳を傾ける。

「でも、やっぱりあの人たちにはそういう感情はないことが改めてわかった」

「蓮斗さん……それは、私がちゃんとできなかったから」

「違うよ、澪花はなにも悪くない。これは、俺と両親の問題なんだ。むしろ、その問題に澪花を巻き込んでしまった。居心地がよくなかったと思う」

蓮斗さんは「ごめん」と謝った。

「いえ、謝らないでください」

「両親とはもともと不仲な上、ここ数年はより悪化している」

「え……それは？」

「結婚のことが原因だろうな。俺がなかなか相手を決めず煮えきらないから。父はタチバナグループの発展のためにも身を固めろと急かしていたし、母は自分の用意した見合い話を何度も蹴られて気に入らないようだ」

「そうですか……」

蓮斗さんは目を伏せて小さく息をつく。

「あまり、息子として親から接してもらえなかった」

「え……？」

「ふたりとも、基本的には家にいない人間だったから。食卓も一緒に囲んだことはほとんどない」

衝撃的な事実に言葉を失う。親と食卓をともにしたことがほとんどないなんて、私の感覚からすれば考えられない。

使用人などが食事を用意してくれて、ひとりで済ませていたのだろうか。それはあまりに悲しすぎる。

「息子としてではなく、跡取りとしてしか見られていない。物心ついた頃から、なんとなくそれはわかってた」

胸がきゅっと締めつけられて苦しい。大人になった今はともかく、幼少期から息子として見てもらえていなかった自覚をしているなんて酷すぎる。

多くの子どものように、親からの愛情を受けてこられなかったなんて……。

「こんな話をして不安を煽《あお》ったな。悪かった。でも、澪花にも知っておいてもらいたかったから話した」

両親との現状を包み隠さず話してくれた蓮斗さんに、横に首を振り「大丈夫です」と伝える。

傍から見れば、裕福な家庭で順風満帆に生まれ育ったようにしか見えないけれど、蓮斗さんには蓮斗さんにしかわからない苦労に悩みながら生きてきたのだ。

タチバナグループの後継者として生まれ、親の用意した道を歩いてこなくてはいけなかったのだろうと察する。きっと、時に道を逸れたいこともあっただろう。

普段の彼を見ているぶんには、そんなことは決して感じさせない。

だから、こうして気持ちを打ち明けてくれたことが貴重だと思えるし、なにより私に話してくれたことがうれしい。

「そんな大事な話を、打ち明けてくれてありがとうございます」

それまで神妙な面持ちだった蓮斗さんだけど、気が抜けたようにふっと笑みを浮かべる。

「女々しいところを見せたな」

「そんなことないです。私は、うれしいです」

「うれしい？　変なこと言うんだな、澪花は」

「そうですか？　だって、誰にでもする話じゃきっとないと思うし、打ち明けてもいいって、そう思ってもらえたのならうれしいじゃないですか」

立場としては、契約結婚の相手というだけだ。それでも、こうして打ち明けてもらえたことは距離が縮まったような気がしてならない。

「簡単には、埋まらないと思います。でも、これから一緒にいて、私が少しでも支えていけたらなって」

「澪花」

名前を口にされた次の瞬間には、抱き寄せられ腕の中に包まれていた。

蓮斗さんからいつも感じる爽やかで上品な甘い香りを、すぐ間近で感じる。

「俺も、こんな話をしたのは澪花が初めてだ。気づいたら話してた」

「蓮斗さん……」

「不思議だな。澪花には、いつの間にか心を許してた」

私の方からも蓮斗さんに腕を回し抱きしめる。自然と取っていたその行動は、ただただ感情に突き動かされてのこと。

そばにいて支えたい。その想いとともに膨れ上がっていたのは、蓮斗さんのことが好きだという気持ちだった。

自分でも知らぬ間に募っていた想いは、彼と出会い、一緒に過ごした時間の中で少しずつ育っていたのだ。

気づかないように、無意識にごまかそうともしていたのかもしれない。

でももう彼を、蓮斗さんを好きだと自覚し、認めてしまった。

腕をほどいた蓮斗さんが、優しく「澪花」と名前を呼んで私を覗き込む。

彼の端整な顔に胸が締めつけられながら、迫る唇を受け入れた。

好きだと自覚したら、もっと彼に求められたいという欲があふれ出してくる。

「澪花」

どこか感情が昂ったような声で私を呼んだ蓮斗さんは、私を抱いてソファから立ち上がる。

「蓮斗さん……？」

横抱きにした私を運んでいったのはふたりのベッドルームで、蓮斗さんはそのまま私ごとベッドに上がった。

「澪花」

ベッドの上で向かい合い、高まる緊張に「はい」と礼儀正しく返事をしてしまう。

たぶん、この場ではそんな反応は不正解で、蓮斗さんはふっと息をつき笑いながら私の唇を塞いだ。

蓮斗さんとの口づけももう何度目かだけれど、いまだに慣れない私は肩を揺らす。

そんな肩に触れた大きな手が腕をたどり、指先を掴んで重なった。

「君の、すべてが欲しい」

熱を灯した目で見つめられたと思ったときには、深く唇が重なり合っていた。

うかがうように侵入した舌先を受け入れ、自ら触れ合いに行く。

「……っ、ん……」

口の端から行き場に困った吐息が漏れ出始めると、蓮斗さんの濡れた唇が顎を、首筋を這っていく。

そのまま耳たぶにキスを落とされ、彼の手を両手で掴みぎゅっと握りしめた。

私につかまっていない方の彼の手がワンピースのファスナーに取りかかる。

「蓮斗さん」

私の呼びかけにすかさず彼の手が止まる。

確かめるように見つめ合って、小さく横に首を振った。

「ごめんなさい。少し、緊張しているだけで……私、経験がなくて」

蓮斗さんは驚いたように一瞬目を見開く。

「でも、前に恋人が……」

「いっさい触れ合っていません。その、キスも蓮斗さんが初めてで……」

規則的に高鳴る鼓動に全身が包まれている。彼に触れられることの期待と不安で心臓は忙しい。

蓮斗さんは優しい手つきで私の頭をそっとなでた。

「そうだったのか。無理はしなくていい」

耳もとでそうささやかれ、安堵とともに気持ちが昂る。

「無理なんてしてないです。早く、蓮斗さんのものにしてください」

この先の展開に、心臓は過去にないほど高鳴りを増している。

だけどそれ以上に、彼に触れてほしい、彼のものになりたいという想いの方が強まっている。

「煽らないでくれ」

どこか余裕をなくした声を出した蓮斗さんは、手早くファスナーを下ろし、肩からワンピースを落とす。あらわになった素肌に口づけ、そのままベッドに横たわらせた。

「蓮斗さん、恥ずかしい」

脱がされていく衣服に鼓動の高鳴りは暴走を加速させる。

恥ずかしがる私は予想済みだったように、蓮斗さんは悪戯な笑みを浮かべてみせた。

「誰も見たことのない澪花を見たい」

素肌を這う唇に意識を取られているうちに、ワンピースもスリップも体から離れていく。

下着だけになった自分の姿を隠すように、つい横に寝返りを打って体を丸めた私を、蓮斗さんはくすっと笑った。

「綺麗な澪花を隅々まで見せてもらおう」

そんな恥ずかしいことを言いながら、蓮斗さんも自らスーツを脱いでいく。ネクタイをはずし、シャツとアンダーシャツを取った美しい肉体に私は釘付けになった。

男性の裸なんて、これまで間近に見たことはない。

それでも、目の前に迫った体が鍛えられ洗練されたものだというのは一目瞭然。余計な肉のないほどよい筋肉が逞《たくま》しい。

視覚情報だけで心拍の暴走がますます加速する。

素肌を重ね、時間をかけてキスを繰り返す。次第に濃厚に、舌の触れ合う水っぽい音に鼓膜が支配され、もっと深くを求め合う。

キスで浮遊しているような感覚に陥った私を、蓮斗さんはじっくり隅々まで堪能していく。

「澪花……綺麗だ」

時間をかけて緊張した体をゆっくりと解いていき、やがてふたりの体が密着する。

「蓮斗さん、あの……もし、うまくできなかったら」

いざその時を迎えるとなると、やっぱり不安と緊張でいっぱいになる。

蓮斗さんはやわらかく微笑み、私の頬を両手で包み込む。

「それならまたにすればいい。焦ることはない。時間はいくらでもあるだろう」

初めてのことで、ちゃんと彼を受け入れられるのか不安もあったけれど、蓮斗さんは急かすことも焦ることもなかった。

彼に余裕があるから、安心して身を任せられる。

「澪花、大丈夫か」

「はい」

ひとつになると、蓮斗さんは両手を回して包み込むように抱きしめてくれる。

次第に恍惚とした世界におちていき、心地のいい蓮斗さんの温もりにいつまでも包まれていたくなる。

私は蓮斗さんにとって契約妻でしかない。

でも今は、この時間だけは、愛してもらっていると思い込んでもいいのかな。

ほんの少しだけでも、夢を見るように……。

8、儚い想いは舞い散る桜のように

三月も始まったと思えばあっという間に中旬に差しかかり、いよいよ春の訪れを感じられる日も出てきた。

今日はそれなりに寒いけれど、昨日なんかは気温が上がりニュースでは桜の開花も目前だと話していた。

「おかえりなさい。えっ、どうしたんですか、この荷物」

玄関に迎えに出ていって思わず声をあげてしまう。

蓮斗さんは両手に紙袋の荷物を持っていて、一緒にやって来た秘書の加賀さんも同様の状態。

慌てて受け取ろうとしたものの、蓮斗さんは「大丈夫」と言って中へ入っていく。加賀さんも「失礼いたします」と蓮斗さんの後に続いた。そんなふたりの後を私がついていく。

リビングに入った蓮斗さんは、手に持つ紙袋をひとつずつダイニングテーブルの上に置く。加賀さんも蓮斗さんに倣って並べた。

「では社長、私はこれで失礼します」

「ああ、助かった、ありがとう」

「明朝は六時にお迎えに上がります」

「わかった。お疲れさま」

蓮斗さんに向かって「失礼します」と頭を下げた加賀さんは、私にも丁寧に頭を下げリビングを出ていく。

加賀さんが帰ると、蓮斗さんはおもむろに私を抱き寄せた。

「ただいま、澪花。会いたかった」

蓮斗さんはこうして、ストレートな言葉で私をどきりとさせてくる。

契約妻だということを忘れる一瞬がたびたび訪れる。

「おかえりなさい」

だから、そういう瞬間は私も自分が本物の妻だと錯覚を起こして彼に甘える。抱きしめてくれた体を両手で抱きしめ返した。

「これは、全部、澪花へ」

「え？」

腕をほどいた蓮斗さんは、持ち帰ってきた大量の紙袋は私へだと言う。

「これって……」

「澪花がなにが好きか聞きそびれていたから、とりあえず、ケーキにマカロン、焼き菓子に、水菓子系もあって――」

蓮斗さんは紙袋から次々と中に入っている箱を取り出していく。どれも有名なパティスリーの名や一流ホテルのロゴが入っている。

「え、あ、あの、これ全部もしかしてお菓子ですか？」

「ああ、今日はホワイトデーだろ？」

三月十四日。そうだ、今日はホワイトデーだ。

「おいしかったチョコレートプリンのお返しだ」

「お返しって……こんなにたくさん！」

「好きなものがあればいいが。澪花、おいで」

蓮斗さんに呼ばれ、横に並んで紙袋からお菓子の箱を取り出す作業を眺める。

「こんなにたくさん、食べきれないですね」

「好きなのを食べればいい」

「食べつくしたら、今よりさらにおデブになります……」

そう言うと、蓮斗さんは横から私の腰に手を回し抱き寄せる。

「ぽっちゃりしてもかわいいだろうな」

耳もとでささやかれて、思わず反論のつもりで横にぶんぶんと首を振った。

「かわいくないです！　なに言ってるんですか！」

「澪花はなんでもかわいいよ」

蓮斗さんは横から私のこめかみにキスを落とす。

いつもこうしてうまいこと話をまとめられて、私はたじたじになる。

「でも、いろいろ考えてくださり、おいしそうなお菓子をたくさんありがとうございます」

「ああ、急いで食べる必要もない。期限の早いものだけ気をつけて」

「はい、そうですね」

「澪花、明日から少し日本を離れることになった。シンガポール出張が早まったんだ」

来週から海外出張があるとは聞かされていた。

シンガポールのマリーナベイエリアに新たに建設が始まるタチバナの新施設。

海外のホテルは、日本の伝統と風情をより取り入れた趣のある施設を建設すると聞いている。中国に完成したばかりのホテルもコンセプトは同じだ。

そのシンガポール行きの予定がどうやら変更になったらしい。

「そうなんですか」

「そのぶん戻りも前倒しにはなるが、また少しの間ひとりにするのを許してくれ」

蓮斗さんはまた私を腕の中に閉じ込め、優しい力で抱きしめる。

ご両親と会ったあの後から、蓮斗さんは私が勘違いするほど甘く特別扱いのような態度で接してくれている。

まるで本物の新婚夫婦のようで、私の鼓動は忙しなく音を立ててしまう。

こんな穏やかな時間が緩やかに続いていけば……ひそかにそんなことを願ってやまない。

私からも腕を回して抱きしめ返し、「大丈夫です」と答えた。

「蓮斗さんのプレゼントしてくれたこのお菓子を、毎日ひとつ食べて帰りを待ってますね」

「ああ、食べ終わるより前には帰ってくる」

「はい、待ってます」

たくさんのお菓子を前にそんな約束をし、くっついたままふたりしてくすくすと笑い合った。

三月も最終週に入ると、日中は暖かく過ごしやすい陽気が多くなる。

桜の開花宣言も数日前に聞こえ、いよいよ待ち遠しかった春の訪れを感じる今日この頃だ。

蓮斗さんが海外出張に出かけてもう二週間。

日本にいても多忙を極める毎日を送っているから、あまり家でゆっくり過ごすことはないけれど、それでも帰宅しない日が続くのはやっぱり違うもの。広いマンションでひとり過ごすのは時に寂しさも感じる。

それでも、私も自分の日常を丁寧に過ごし、日々を送っている。

蓮斗さんが帰国する日に向けて、料理のレパートリーを増やすべく練習してみたり、時間を有効に使ったりして過ごしている。

寂しい気持ちを自分なりに前向きにとらえているのだ。

今日は魚料理に挑戦したいなと、そんなことを考えながら退勤後オフィス棟のエントランスロビーを出たところで突然声をかけられた。

そこには、見知らぬ女性の姿が。

真っ白なロングコートに、中はクリーム色のツイードワンピース。髪は重めのセミロングヘアをハーフアップに結い上げている。手に持つハンドバッグはあまりお目にかかれないハイブランドだ。

年齢は私と同じくらいか、少し下だろうか。くりっとした目に小ぶりな鼻、桜色のリップを引いたかわいらしい唇のすぐ下にあるほくろが目を引く。

漂う雰囲気が庶民のものとは違う。ノースエリアの住人だろうか。

いったいどこの誰だろうと不審に思いながら足を止める。

「はじめまして。私、白鳥理代子《しらとりりよこ》というものです」

白鳥理代子さん……。仕事関係でも、プライベートでも知らない名前だ。

「千葉澪花さんよね？　あなたに話があるの」

「私に、ですか？」

「ええ、橘蓮斗さんのことでね」

この場で聞くとは思わなかった蓮斗さんの名前が出され、目を見開いてしまった。

白鳥さんは驚く私ににこりと微笑み、「行きましょう」と私を横切りツインタワーへと向かっていく。

なにがなんだかわからないまま彼女の後をついていくと、オフィス棟のエレベーターへと乗り込み、三十階を指定した。

「重要な話だから、場所を移させてもらうわ。誰が聞いているかわからないから」

ふたりだけのエレベーター内で、彼女はなにかを警戒した発言を漏らす。

初対面なのに人に聞かれてはいけないような重要な話とは、いったいなんだろう。

疑問を抱えながら連れていかれた先は、ツインタワー内にあるＶＩＰ専用フロアのティールーム。この階自体上がったことがなく、初めての場所だ。

白鳥さんは慣れた足取りでティールームに入っていき、スタッフになにかを伝えると案内されたのは個室の席だった。

「座って」

部屋の中を観察してしまっていた私に、白鳥さんはソファを勧めてくる。

「失礼します」

ソファへと腰を下ろすと、白鳥さんは私のはす向かいのひとり掛けソファに座った。

「今日は、あなたに大事な話があってここまで来てもらったわ」

今からいったいどんな話を切り出されるのだろうか。本題を前にして、心拍は徐々に上がっていく。「はい」と返事をして、じっと白鳥さんの顔を見つめた。

「その前に、自己紹介がまだだったわね。私の家は、旧白鳥財閥の一族で、祖父は白鳥グループの会長、父は副会長。知っているわよね？　白鳥グループは」

そこまで詳しくはないけれど、耳にしたことはある。旧白鳥財閥といえば、明治時代の呉服店から始まり、その後身である百貨店は国内五本指には入る。

彼女がその白鳥家のご令嬢だと知って、急に身構えてしまう。

「で、今日あなたに話したいことっていうのは、蓮斗さんとのこと。単刀直入に言うわね。蓮斗さんと別れてちょうだい」

にこりと微笑んだ彼女の口から出てきた言葉は、その表情とは真逆のナイフのような鋭い言葉。

蓮斗さんと別れて――最後のそのフレーズが、頭の中で何度も繰り返され動悸を起こす。

「蓮斗さんとは、もともと婚約の予定だったの。だけど、突然現れたあなたがそれをぶち壊した」

次第に彼女の顔から笑みが消え去り、私をじっと凝視する。その目は、憎しみの炎を灯す。

「あなたのことを調べさせてもらったの。橘家にふさわしい女性なのかどうか」

どきっと、ひと際大きく鼓動が跳ね上がる。

「……こう言われたら、ご自身で意味がわかるわね？」

イエスともノーとも返事ができない。ただ広がる困惑に言葉が出てこないのだ。

橘家にふさわしい人間なのか——それを調べたとすれば、間違いなく私はふさわしくない。

「ご実家が負債を抱えていたこともわかっているわ。蓮斗さんが返済したことも」

「その件ですが、蓮斗さんに返済していただいたことは確かです。でも、お金は蓮斗さんにきちんとお返しするという約束をしています」

私の話を、白鳥さんは表情を変えることなくじっと聞いている。

そして、ため息のような息をひとつついた。

「あなたたちがどんな話をしたかなんていうのは、どうだっていいの。私は、あなたの家柄では、彼のパートナーとしてはふさわしくないと、そういう話をしているのよ。ここまで親切丁寧に言ってもわからないかしら？」

「いえ……よく、わかります」

胸が締めつけられて息苦しさを感じる。

白鳥さんは「わかるわよね」と、容赦ない冷たい視線で私を睨み続ける。

「あなたと早まって婚姻関係を結んでしまった事情は、この際目をつむるわ」

早まって——彼女の口から何気なく出てきたそんな言葉にも胸が押しつぶされる。

蓮斗さんと出会って、今まで積み重ねてきたこの時間のすべてを否定されたような気がしてならない。

「とにかく、早いところ離婚して、今後いっさい私たちに関わらないでちょうだい。もちろん、手切れ金はこの先の人生困らない程度にはお支払いするわ」

一方的に話をまとめ、白鳥さんは「いけない」とソファから立ち上がる。

「この後の約束があるの。お先に失礼するわ」

急かされる空気につられてソファから立ち上がる。

今なにかを言わなければ、このまま話は済まされてしまう。

でも、なにも言葉が出てこない。

私が蓮斗さんをどんなに大切に想おうと、支えていきたいと願おうと、彼のパートナーとしてはふさわしくないということ。

その現実を突きつけられ、行き場のない気持ちが込み上げて涙となって目に浮かび始める。

泣いてどうにかなることではない。涙なんて出てきてほしくないのに。

白鳥さんが出ていくと場は静かになり、私はひとり我慢していた涙を頬に流した。

窓の外をぼんやりと眺めていると、時折、風に舞って桜の花びらが飛んでくる。

今日は陽気もいいから、櫻坂は花見の人々で賑わっていることだろう。

【十三時に櫻坂の入口で待ってます】

さっき入れたメッセージは既読がつき、ひと言【了解】と返信がきていた。

四月に入ってすぐ、蓮斗さんはシンガポール出張から帰国した。ちょうど二日前のことだ。

でも、まだ顔を合わせていない。

白鳥さんと話した後、私はひとり実家へと帰ったからだ。

母や姉には、蓮斗さんが海外出張でしばらく留守にするから、広いマンションでひとり過ごすのも寂しいからしばらく帰ってきたと話した。

本当のことは、蓮斗さんときちんと話をしてからするつもりでいる。余計な心配をできるだけかけたくない。

同じように、蓮斗さんにもマンションを出ている経緯について、姉が体調不良でしばらく看病も兼ねて実家に帰ると連絡をしておいた。

蓮斗さんは姉の病状を心配してくれているものの、私が実家に戻っていることに関しては疑問を感じていないようだ。

櫻坂の桜が見頃を迎えたら、一緒に花見に行こうとシンガポール出張中に話した。

帰国したタイミングで桜は満開の時期を迎え、ふたりの都合がつく今日、一緒に見に行こうと約束をしている。

普段より時間をかけてベースメイクをし、今日は春らしいピンク色のアイシャドウを控えめに瞼にのせる。マスカラも丁寧に塗った。

あまり上手ではないけれど、髪も少し巻いてふんわりさせ、花見に似合うパステルグリーンのカーディガンに花柄のロングワンピースを合わせる。

今日くらい、最後のデートくらい、精いっぱいのオシャレをして会っても神様は許してくれるはず。

支度をしながら、何度も切なさが込み上げてきて手が止まる。それを繰り返しながらもなんとか準備を終えた。

白鳥さんと会ったあの日、涙を流しながらマンションへと帰った。

どんなふうに帰ったかもわからないほど意識はぼんやりとしていて、ただただ悲しみのどん底をさまよっているような感覚だった。

涙を流せば流すほど、蓮斗さんを想っていることを思い知らされた。

いつの間にかこんなふうに気持ちを募らせてしまっていたけれど、気持ちを鎮めて考えて、夢は徐々に醒めていった。

蓮斗さんと出会った頃、彼と自分は生きる世界の違う人で、目を合わせることも話すことも私なんかが対等にできる相手ではないと思っていた。

その壁を蓮斗さんは少しずつ壊してくれて、彼がそばにいる世界がいつの間にか私のあたり前になり始めていた。

でも、そんなことはやっぱりありえなかった。

蓮斗さんと私は、互いに交わることのない世界線にいる。

忘れそうになっていた現実を、白鳥さんによって思い出した。

「いいな、旦那様とお花見デート」

ぼんやりと窓の外を眺めていると、いつの間にか隣に姉が立っていた。

見せた笑顔が引きつる。

「今日行かないと、もう散っちゃうだろうから」

「そうだね、もう満開だったもんね。楽しんできな」

「うん」

帰ってきたら、蓮斗さんと別れることになったと話さなくてはならない。

まさか、お花見に行ったその日にそんな報告を受けるなんて、誰も思いもしない。

お母さんも、お姉ちゃんも、きっと驚くだろうな……。

約束の時間三十分前となり、少し早めだけど家を出る。

ゆっくり歩いていけば、約束の場所には十分ほど前に到着するだろう。

春の日差しが優しく降り注ぐ。時折、気持ちいい風が髪を揺らしていく。

一歩一歩、待ち合わせの場所に足を進めながら、不意に頭の中に蘇るのは蓮斗さんとの今までの思い出。

行くつもりもなかったクリスマスパーティーでのアクシデント。そこで声をかけてくれた彼のずば抜けた輝きは、今でも色あせない。

出会って間もない私なんかを気遣い、母の病院へ送り届けてくれたことはありがたかった。

それが契約結婚のきっかけになって、少しずつふたりの思い出が増えていった。

緊張した初めての食事、誕生日のサプライズ。

蓮斗さんが両親の話を打ち明けてくれた夜は、彼への気持ちをはっきりと自覚した忘れられない日になった。

いろんな瞬間が次々と思い出され、まるで命が終わる前の走馬灯を見ているようだ。

でも、蓮斗さんとの時間はもうすぐ終わろうとしている。だから、あながち間違いではない。

櫻坂を向こうに望みながら、気持ちを落ち着けるように深く深呼吸を繰り返す。

白に近い淡いピンク色の桜並木が真っすぐに続く櫻坂がいよいよ近づいてくると、その始まりに佇むひと際目立つ長身のスーツ姿が目に飛び込んできた。

どきんと、スイッチが入ったように鼓動が音を立てる。

「澪花」

久しぶりに聞く蓮斗さんが私を呼ぶ声。低くしっとりとした声は気持ちが落ち着く。でも、今日は胸を締めつける切なさも感じる。

「お久しぶりです」

「お久しぶりって、変な感じがするが、そうだな、少しぶりだ」

蓮斗さんが私の手を取り、あたり前のようにつながれる。「行こう」と手を引かれ、賑わう櫻坂をゆっくりと歩き始めた。

満開を迎えた桜並木は、春の風に花びらを躍らせる。

ふわりふわりと青空に舞い上がる花びらを目で追いながら、話を切り出すタイミングをうかがう。

切り出したら、そこで私たちの関係は終わる。

それがわかっているから、口を開けない自分がいる。

「毎年この景色は目にするけど、こうして澪花と見るのは格別だな」

「そうですね。ほんと、綺麗……」

ちらりと、桜を見上げる蓮斗さんに目を向ける。

満開の桜をバックにした彼の整った横顔につい見惚れていると、私の視線に気づいた蓮斗さんはやわらかい表情で私を見下ろした。

きゅっと胸が締めつけられる。

急激に涙腺が緩んできて、慌てて顔を伏せた。

まだ、このままでいたい。このまま時間が止まってくれたら、どんなにいいだろう。

でも現実を突きつけるように、頭の中で白鳥さんの言葉が蘇る。

『あなたの家柄では、彼のパートナーとしてはふさわしくないと、そういう話をしているのよ』

夢はここまで。いつまでも、夢見る少女ではいられない……。

「蓮斗さん」

櫻坂も中盤を越えて、人通りもいつの間にか落ち着いてきている。

つながれている手を、私の方からそっと離した。

「婚姻関係を、解消したいんです」

ほんの少し声が震えた。それでも、しっかりと目を合わせたまま伝える。

見間違いかと思うほど一瞬、蓮斗さんの目が大きくなったような気がした。

「なぜ?」

でも、蓮斗さんは毅然とした態度で聞き返す。

胸がぐっと圧迫されたように息苦しさを覚えた。

「私には、やっぱり務まらないってわかったんです」

「務まらない? 突然どうしてそんなことを――」

「あなたといると苦しいの……!」

勢いあまって出てきたのは、今の私の心の叫び。

とうとう目尻から涙がこぼれ落ちる。

「澪花……」

蓮斗さんの指先がすかさず私の頬に触れ、流れた涙を拭う。優しい指先に涙は次々と流れ出す。

「自分が、壊れてしまいそうで……だから、ほかの方を、探してください」

目もとを拭いてくれる蓮斗さんの手から後ずさりするようにして距離を取る。

涙の膜の向こうの蓮斗さんは、逸らさず真剣な眼差しで私の顔を見つめている。

その目から逃げ出したくて一歩踏み出した、そのとき――。

「それなら、今すぐ契約結婚なんて話は終了だ」

蓮斗さんの手が私の腕をきつく掴み取った。

9、咲き乱れる薔薇の中で

引き留められた澪花は怯えたような目をして俺を見上げる。

怖がらせるつもりなんて微塵《みじん》もなく、すぐに彼女の小さな手を両手で包み込んだ。

「一緒に来てくれ」

数週間に及ぶ出張から帰国して、待ちに待った澪花との時間に心躍らせていたのもつかの間、突然の婚姻関係解消の申し出。

正直、頭がついていかず、いまだ混乱の中にいる。

いったいなにが、彼女にそんな言葉を口にさせたのか。

ぽろぽろと涙を流し、声を絞り出すようなその様子は、どうしても澪花自身の意思ではないように見えた。

これは彼女の望みではない。そう確信を得たときには、母の存在しか頭に浮かばなかった。

「蓮斗さん……？」

待ち合わせのために近くに駐車しておいた車に澪花を連れていき、いつもと同じように助手席に乗せる。

ただ一緒に来てほしいと言われただけの彼女は、不安そうに表情をゆがめて車に乗り込んだ。

半ば強引に乗車させられた澪花は、普段のようにシートベルトを締めることもせず、ただ膝の上で両手を組みうつむいている。頬は涙で濡れたままだ。

「もう一度言う。契約結婚などという話は白紙にしてもらいたい」

「白紙……あの、それはどういう？」

「あれは、君との関係をつなぎ止めるための口実にすぎない」

澪花の眉が困ったように下がる。

不安そうに握られた手を掴み取った。

「澪花、君を愛してる。これからは契約なんて関係なく、俺の妻になってほしい」

「え……？　でも、私は」

「君を手放す気はいっさいない。なにがあっても悲しい思いはさせないし、守ると決めた」

大きな瞳が、瞬きを忘れたまま涙をいっぱいに浮かべる。

それは決壊したようにぽろぽろとあふれだし、まだ乾いていない色白の頬を濡らしていく。

「今思えば、クリスマスのパーティーで出会う前から、すでに君に惹かれていたんだと思う」

「え……？」

澪花の顔には〝クリスマスのパーティーで出会う前って？〟と書いてあるようだ。

「あのパーティーの一カ月くらい前だった。うちのホテルのロビーで、年配の女性の真珠のイヤリングを見つけてくれたことを、覚えてないか？」

「はい、ありました。観葉植物の鉢植えの脇で見つけて。でも、どうしてそれを蓮斗さんが……？」

聞かれてすぐに、そのときのことが蘇る。

「見かけたんだ。澪花が床を這っているところ。驚いて声をかけようとしたら捜し物が見つかったようで、お客様が大喜びしていた。ご夫婦はうちの常連様なんだ。だから後から話を聞いた」

「あの方々から？」

「ああ。大切な真珠のイヤリングを落としたのだと。親切な女性が必死になって捜してくださった、と」

当時のことを振り返ると、自然と微笑が浮かぶ。

「それからなぜだかずっと頭の中に澪花のことが残っていた。だから、クリスマスパーティーの場で君に再会できたことは、なにかの運命ではないかと思ったくらいだった」

運命なんて言葉、この世で一番信じていない男だと自覚していた。

そんな自分が、澪花と出会ってここまで変わったのだ。

「ほかの女性とは違う気になる存在だった。俺とは関わりたくないという君をどうにかつなぎ留めようと、ひとつの手段として契約妻にした。でも、澪花を知れば知るほど、どんどん惹かれていって……」

瞬きを忘れたように俺を見つめる澪花のきらきらした大きな目から、ぽろぽろと涙があふれ出ていく。

そっと優しく、親指で温かい滴《しずく》を拭った。

「どうしたらいいのかわからない想いを抑え込んできた。けれどもう、それは無理だ。澪花、君のいない人生など考えられない。離れたいなんて許せないし、離せない」

「蓮斗さん、私、わた、し……」

どちらからともなく腕を伸ばし、引き寄せるように抱きしめ合う。

腕の中で澪花は壊れたように嗚咽を漏らした。

「う、っ……私も、蓮斗さんが、好きです。本当は、離れたくない……」

「本当はって。離れる必要はないんだよ」

その言葉を証明したくて、震える澪花をしっかり抱いたまましばらく離せなかった。

呼吸がやっと整ってきた澪花は、か細く消えそうな声で「蓮斗さん」と口にする。

「ごめんなさい。気持ちはとてもうれしいです。でも、やっぱり私は一緒にはいられない。白鳥さんの言っていたことに間違いはないですから」

「白鳥の令嬢に会ったのか？　なにか言われたんだろ？」

俺の質問に、澪花は答えない。でもなにか約束をさせられたのだろう。

「大丈夫だ、なにも心配いらない」

手を伸ばし、助手席のシートベルトを引き出して装着した。

母の差し金に違いない。自分が不在の間に白鳥の令嬢を澪花に接触させて追いつめるなど、実の母であろうと許しはしない。

今までは両親に従い、大抵のことは言われる通りに生きてきた。

でも、澪花のことだけは、それだけはなにがあっても譲れない。

「蓮斗さん、あの、どちらへ？」

櫻坂を上がっていく車内で、涙を拭った澪花が聞く。

「母と話をする。澪花のことを、改めて認めてもらう」

「え……」

「大丈夫、澪花は隣にいるだけでいい」

守衛常駐の住宅地入口に車が近づくと、ナンバーを検知して門が開く。

四月頭から数日間、母は中国にニューオープンした系列ホテルに滞在予定だと加賀から予定は聞いていた。ちょうど帰国して在宅中だと読んでいる。

しばらくぶりの実家に到着し、開いた門を車のまま通過する。

玄関前の車寄せに停車し、助手席に回って澪花を降車させた。

困惑が表情から滲み出ているのを目のあたりにして、もう一度「大丈夫」としっかり手を握る。

帰宅を知った使用人たちが玄関扉を開けて出迎えた。

「おかえりなさいませ」

澪花の手を引いたまま玄関を入っていく。

「母は？」

「ご在宅です。リビングにいらっしゃいます」

読み通り母は在宅。澪花を連れたままリビングへと真っすぐ向かっていく。

約束もなく現れた息子と嫁の姿に、母は目を丸くし、手にしていたティーカップをソーサーに置いた。

今日は偶然にも父も同席していて都合がいい。

「連絡もなく急ね。いったいどうしたの」

「私たちが来た理由はあなたが一番わかると思いますが」

母の表情がわずかに険しくなる。隣にいる澪花に視線を流した。

「私が反対するのはあたり前でしょう。蓮斗、あなた自分の立場をわかっているの?」

「わかってます。でも、妻となるのは澪花しかいない」

「あなたにふさわしい女性は、理代子さんしかいないわ」

ここまで訴えても、この人はなにもわかっていない。

自分の中でこれまで抑えてきたものがあふれ出す。

「あなたたちの思い通りの生活をしてきたが、子どもながらに寂しい思いをしてきた。息子として、あなたたちが親の顔を見せることはあまりなかったから」

「蓮斗……」

「それを責めるつもりは、今はもうない。この年になって、それが仕方のないことで、だからこそ今のタチバナがあるのもわかっている」

なにが正解で、なにが不正解なのか。〝もしも〟を考えれば、今とは違う世界がここにはあったのかもしれない。

でも、ひとつだけはっきりしていることがある。

生涯をともにする女性《ひと》については、自分の心を最優先させる。

「だからこそ、俺は俺の愛する人と幸せな家庭を築く。そこだけは譲れない」

こんなふうに、両親の目が揃って真剣な眼差しをしてこっちを見ている光景は生まれて初めてで、三十二年間生きてきてやっと向き合ってもらえたような気がする。

それだけ大きな主張をしたということだ。

「蓮斗、少し冷静になって――」

「もしそれでも邪魔をするなら、絶縁してもらってかまわない」

「絶縁って、なんてことを」

母が青ざめた顔を見せ、普段なにごとにも動じない父も「蓮斗」とソファを立ち上がる。

「冗談を口にしたつもりはない。返事は後日でもかまわない」

伝えたいことをすべて口にし、澪花の手を引いてその場を立ち去る。

「蓮斗、待って――」

背後から呼び声が聞こえたと同時に、ガラスが割れる音と、父が母の名前を叫ぶ声。

振り返ると、ソファとローテーブルの間に母が倒れていた。

＊＊＊

黄色とオレンジのガーベラ、淡いピンクのミニ薔薇と、いっぱいのカスミソウの花束を手に、エレベーターで病院最上階を目指す。

蓮斗さんに連れられて彼の実家を訪れた日、目の前でお義母様が倒れた。

すぐに救急車が呼ばれ、ベリが丘総合病院に救急搬送された。

そのときに初めて聞かされたのが、お義母様も私の母同様に心疾患を患っているということ。

手術によって完治するけれど、お義母様本人が手術を拒んでいて現状維持の経過観察だという。

幸い、大きな病状の悪化はなく、検査を含めた念のための入院となった。

その日から一週間、時間を見つけてはお義母様のもとを訪れている。

私になにかできることはないかと、時間の許す限りそばにいるようにしているけれど、お義母様にとっては不愉快なのかもしれない。

それでも、蓮斗さんに添い遂げると決めた私は、お義母様に認めてもらわなくてはならない。

「失礼します」

広い特別室のベッドには、今日もお義母様が横になっている。

今日は少しベッドを上げて本を読んでいるから、体調は悪くないのかもしれない。

「こんにちは。お加減はいかがですか？」

お義母様は入ってきた私に一度視線をよこし、そしてまた本に目を落とす。

今日もまた、ひと言も話してくれないのだろうとあきらめの気持ちもわずかに感じながら、それでも笑顔で持ってきた花束をお義母様に見せた。

「お花、飾らせてください」

部屋のシンクに向かい、花瓶に持ってきた花束を活ける。病院には、お見舞いの生花は大丈夫かと事前に確認を取っておいた。感染予防の観点から、生花を禁止している病院もあるからだ。

実家を訪ねた際、玄関やリビングに花がたくさん飾られていてお義母様がきっと花好きなんだろうなと思ったから、お見舞いに生花が禁止でなくてよかった。

ビタミンカラーの花は、見ているだけで元気が出る色合いだ。

お義母様のベッドサイドに花束を持っていき、サイドテーブルへと花瓶を置いた。

「毎日毎日、よくめげずに通ってくるわね」

背中にお義母様の声が聞こえる。

これまでまともに話もしてくれなかったお義母様の声が聞こえ、思わず勢いよく振り返った。

「あんなにひどいことをして、あきらめるよう仕向けたのに……」

小さく息をつき、お義母様は読んでいた本を閉じる。

私は黙ったまま、お義母様を見つめた。広い病室に再び沈黙が落ちる。

また話すことはできないのかなとあきらめかけたとき、お義母様が口を開いた。

「私も……あなたと同じだったのよ」

打ち明けるようなお義母様の声。黙ったまま耳を傾ける。

「私の家も、普通の一般家庭でね……反対されたわ。いざ結婚した後も、苦労が絶えなかった」

思いもよらない告白に返す言葉が見つからない。

まさかお義母様が、私と同じような境遇を乗り越えてきたなんて思いもしなかった。

橘にふさわしいご令嬢だとばかり思っていたのに。

「自分の経験があったから、あなたが同じ思いをしないように、あきらめた方がいいと仕向けたの。それほど苦労したのよ」

おなかの上で組んだ手に視線を落とし、お義母様は静かに目をつぶる。思い出しているのだろうか、しばらく目を閉じていた。

「でも、蓮斗には絶縁してもらってもいいなんて言われるし……私は間違ってたのかしらね」

「お義母様……」

「あなたたちを引き離して、蓮斗をふさわしい女性と一緒にさせるのは難しいことではないわ。でも、それで誰が幸せになるのかって……」

お義母様はお義母様で葛藤していたことを知り、胸がぐっと苦しくなる。

ただただ、橘のことだけを考えて反対していたのではなかったのだ。

告白してくれた気持ちに、なにか言葉を返したい。その思いだけで「お義母様」と呼びかけていた。

「ありがとうございます。お義母様が、反対された意味を知ることができて、私……」

逸る気持ちのまま口を開いてしまったため、うまく言葉がまとまらない。

お義母様の目が私を捉え、じっと顔を見つめる。

でも、伝えたい思いはひとつだけ。

お義母様の目から視線を逸らさず、真っすぐ見つめたまま再び口を開いた。

「もちろん、立場が違いすぎてつらいこともあると思います。でも、私は蓮斗さんを支えたい。人を愛する喜びを教えてくれたのは、彼だから。生涯、寄り添っていきたいと心から思っています」

その昔、お義母様も今の私と同じ思いで、こんな言葉を口にしたのかもしれない。

そんなことをふと思う。

そんなお義母様が今、自分の人生を振り返ってみたら……その答えを聞いてみたくなった。

「お義母様は、お義父様と一緒になられて、これまでの人生、不幸せでしたか……？」

見つめ合っていたお義母様は、ベッドの花柄のシーツへと視線を落とす。

そして広い窓の外に視線を上げると、その顔に微笑を浮かべた。

「いえ、幸せだったわ。つらくてもね」

その言葉を聞いた瞬間、なぜだか喉の奥が詰まり、鼻の奥がツンとした。同時に視界が潤んで、涙が浮かぶ。

そんなとき……。

「明美《あけみ》」

いつの間にか病室の入口にお義父様が立っていた。

今の会話を聞いていたのだろうか。

ベッドに近づいてくるお義父様に頭を下げる。

「あなた……」

お義父様はそばまでやって来ると、お義母様に優しい笑みを浮かべてみせた。

厳格な印象しかないお義父様の初めて見せた表情に、きっとこれはお義母様にしか向けない顔なのだろうと察する。

「澪花さん。これまでの、君に対する妻の行いをどうか許してほしい。彼女なりの思いがあったことを、わかってほしいんだ」

「とんでもないことです。重々承知しております」

蓮斗さんを思い、そして私を若い頃の自分と重ね合わせ、お義母様なりに私たちと向き合っていたのだ。

私自身も、お義母様のおかげで気づけた気持ちがある。

「澪花さん。あなたを見ていて、蓮斗があなたに惹かれた理由もわかっていたのよ。家柄が違おうと、あなたは蓮斗にもたれかかってくる女性ではないことも。それなのに、素直に認められなかった私を、許してくれるの？」

お義母様からの言葉に、とうとうたまっていた涙があふれ出してしまう。

横に首を振りながら「許すだなんて」と震える声を絞り出した。

「ご迷惑をおかけすることも、あるかもしれません。でも、私の気持ちは変わりません。蓮斗さんを、生涯支えさせてください」

私からの言葉を受け、お義母様とお義父様が見つめ合う。お義父様が小さくうなずくと、お義母様はやわらかく微笑んだ。

「あの子には、きっと寂しい思いをさせてしまった」

お義父様の声は、どこか申し訳なさそうに私の耳に届く。

「蓮斗が幼かった頃、私たちはとても忙しく、ろくに一緒にいてあげられなかった。家を守るために働くことが、あの子のためになると思っていた」

ご両親にはご両親なりの思いや考えがあって、それは家族の、蓮斗さんの幸せが根底にあったのだ。子どもだった蓮斗さんにとっては、寂しかったと思う。

でも、きっと今ならご両親の気持ちもわかるだろう。

「澪花さんと一緒にいる蓮斗はすごく幸せそうだった。親らしいことはできなかったけど、あの子が幸せになってくれて本当にうれしいんだ」

お義父様の言葉が涙を誘う。鼻の奥がツンと痛くなって涙が浮かんだ。

「澪花さん。息子を、蓮斗を、よろしくお願いします」

改まったお義父様の言葉に、お義母様の目にも涙が浮かんでいるのを目撃する。

キラキラと光った目と目が合い、お義母様が初めて私に笑みを向けてくれた。

義両親を残してひとり病室を出ると、そこには蓮斗さんの姿が。

どうやら今の話を聞いていたようで、顔を合わせるとどこか弱ったように微笑んだ。

「澪花。ありがとう」

「蓮斗さん、今の話……」

「澪花がいなかったら、両親からあんな話を聞くことはできなかったと思う」

お互いに思いを口にすることがなくすれ違ってきた部分もあるのだろう。親子の関係を少しでもいい方向に修復する手助けができたのなら、私もうれしい。これからもそばで見守っていきたい。

「澪花に出会ってから、知らなかった感情をたくさん知ることができた」

蓮斗さんは「ありがとう」と言って私へ手を伸ばす。そっと抱き寄せられ、耳もとに唇が近づいた。

「俺は幸せ者だ。君に出会えて、こうして愛する資格をもらえて」

「蓮斗さん……」

彼に連れられて病院の玄関を出たとき、不意に蓮斗さんの足が止まる。

どうしたのだろうと思っているうちに、スマートフォンを取り出した。

「澪花、君の抱える不安はすべて取り除いておきたい」

タップしたスマートフォンは呼び出し音を鳴らし始める。スピーカー設定になっていて、私にも通話が聞こえるようになっている。

誰にかけているの？

そう思っていると、《蓮斗さん？》と弾んだ女性の声が耳に届いた。

記憶にある声音。でも、私が聞いたときよりもトーンが高い。

《うれしい！　蓮斗さんから連絡もらえるなんて》

相手が白鳥さんだと気づき、見守るようにして蓮斗さんを見つめる。

蓮斗さんは厳しい表情を変えず、スマートフォンを片手に口を開いた。

「母がたきつけたのなら申し訳ない」

スマートフォンの向こうから《え……?》と、不思議そうな反応が返ってくる。でもすぐに《違う》と否定の言葉が続いた。

《お母様に言われたからじゃないわ。私は本当に蓮斗さんを――》

「俺の妻は澪花だけだ」

はっきりきっぱりと、蓮斗さんは私の名前を口にする。

スマートフォンの向こうから、はっとしたような気配がスピーカーを通して感じ取れた。

《あんな女性じゃ釣り合わない! 私と結婚すれば家同士も安泰でしょ?》

「悪いが、君とでは俺は幸せになれない」

とどめとも言える蓮斗さんの言葉で、とうとう白鳥さんからの反応はなくなる。

「金輪際関わらないでくれ」

少し強めの口調で蓮斗さんは通話を終わらせた。

「これで、不安に思うことは解消されたか?」

白鳥さんとの通話ではいっさい見られなかった優しい微笑に、心のどこかでずっと燻っていた不安が、霧が晴れるかのように消えていく。

「蓮斗さん……ありがとうございます」

「お礼を言われることじゃない。あたり前だろう?」

蓮斗さんは私の手を取り、「行こう」と歩き出した。


週末、土曜日。

ちょうどお義父様とお義母様と話をした晩、蓮斗さんから週末の予定を聞かれた。

久しぶりにゆっくり食事にでも行こうというお誘いで、喜んで承諾した。

行き先は以前に連れていってもらったオーベルジュ。まだ蓮斗さんと知り合って間もない頃で、緊張しながら出かけたことを懐かしく思い出した。

「今日は暖かいな」

「そうですね。いい陽気です」

オーベルジュに向かう車内から外を眺めても、道行く人は羽織ものを手に持っていたりと、春らしい軽装の人ばかり。

私もクリーム色のクラシカルなレースワンピースのコーディネート。ハイネックデザインで上品な印象だけど、レースの透け感が色っぽさもある魅力的な一着だ。

ヘアスタイルは、首もとのレースハイネックを引き立てるためにフルアップでまとめてきた。

蓮斗さんも、今日は休日でもスーツをきっちり着こなしている。

普段とは違う艶感のあるブラックスーツはエレガントで、蓮斗さんによく似合う。出かける準備をしているときから素敵で、ひそかにドキドキしていたのは内緒だ。

オーベルジュに到着すると、前回同様車のまま門をくぐり、真っすぐに緑豊かな敷地を走っていく。

前回来た真冬のときとは違う春のガーデンに目を奪われる。

木々は青々とした葉をつけ、芝生の緑の絨毯はどこまでも続く。色とりどりの花々はここぞとばかりに咲き誇り、どこを見ても鮮やかだ。

「食事までまだ少し時間があるから、散策でもするか」

「本当ですか？　ぜひ！　うれしい」

駐車場に降り立つと、爽やかなそよ風が頬をなでていく。

蓮斗さんは私の手を取り、奥に見える薔薇のアーチが連なるローズガーデンに向かって歩く。

ピンクの薔薇はこぼれ落ちそうなほど見事に花を咲かせ、私たちを華やかに迎えてくれた。

美しい薔薇に囲まれる光景は、どこか現実離れしているように目に映る。

「ここに初めて来たときは、なかなか目も合わせてくれなくて、笑うなんてもってのほか」

思い出すように、蓮斗さんが突然そんなことを口にする。私を見下ろし、くすっと笑う。

「そうでしたね……あのときは、なにを話したらいいのかとか、不安しかなくて。一緒に食事をするなんて、考えられなくて」

思い返せば、一つひとつの所作に必死で、食事の味など楽しめたものではなかった。

今となっては懐かしく微笑ましい思い出だけど、あのときはいっぱいいっぱいだった。

「俺は、どうしたらまた次会いたいと思ってもらえるか、そればかり考えてた」

「そうだったんですか？」

「もちろん。どうして？」

「蓮斗さんほどの人が、そんなことを思うなんてって」

「初めてだよ、俺だってそんなこと。澪花に出会って、初めてだった」

蓮斗さんは薔薇のアーチの中で足を止め、つないでいない方の私の左手を取る。

そこに輝くエンゲージリングをつけた薬指に、そっと口づけを落とした。

「澪花。今ここで、改めて君にプロポーズしたい」

「え……？」

「契約なんて関係のない、本物の夫婦に。俺の、妻になってほしい」

真摯で誠実な瞳の中には、目を見開いた私の顔が映っている。

言葉を発さない私に、蓮斗さんが弱ったように眉を下げた。

「もしかして、また『検討します』と言われてしまう？」

「そっ、そんなわけないです！」

突然の正式なプロポーズに、いろいろな感情が大渋滞している。

返事を頭の中で選びながら、つながれた手をきゅっと握り返した。

「私を、本物の妻にしてくれるんですか……？」

蓮斗さんが、ふっと表情を緩める。そして、正面から私を抱き寄せた。

「してくれるんですかって、お願いしているのは俺の方だけど？　俺の妻は、澪花しかいない」

耳もとでささやくように、でもはっきりと聞こえる蓮斗さんの声。

心から幸福で満たされていくのを感じ、自然と両手を彼の背中に回す。涙腺が緩んで、視界がゆらゆらと揺れて見えた。

「ずっと、そばにいます。蓮斗さんの妻として」

「澪花……涙はいらないだろう」

私が泣き始めたのをすぐに察知した蓮斗さんは、顔を覗き込んでくる。

「これは、感激の涙だからいいんです」

笑い合ったふたりの顔がゆっくりと近づく。

優しい口づけを交わした私たちを、咲き乱れる薔薇たちが祝福してくれているようだった。

10、幸せに包まれて

光の差し込む明るい大部屋には、純白のウエディングドレスをまとったマネキンが等間隔に飾られている。

ぐるりと一周見られるようになっていて、一体ずつじっくりと眺めていく。

蓮斗さんと正式な夫婦となって、早二カ月。

お互いの気持ちを伝え合って再スタートした結婚生活は、幸せで順調な毎日。

今日は、十月に予定している挙式で着るウエディングドレスを見に、蓮斗さんとお義母様とホテル・タチバナを訪れている。

あれからすっかり仲良しになったお義母様は、「孫の顔を見るまで死ねないわ！」と言って手術を決意してくれた。

ちなみに、白鳥さんはあれからすぐに別の名家の男性との結婚が決まったと蓮斗さんから話を聞いた。「家柄しか見ていないんだろうな」と言った蓮斗さんはため息をついていた。

義両親たっての希望もあり、挙式披露宴はホテル・タチバナで執り行うことを決めた。

ホテル・タチバナといえば、誰もが憧れる豪華結婚式の会場の代表格。

各界の著名人も披露宴を挙げたことで広く認知されているし、憧れのウエディングとしてメディアでも取り上げられる歴史ある式場だ。

一般家庭から橘家に嫁いだ私にとっては、ここで式を挙げること自体が夢のような話だ。

ウエディングドレスひとつ選ぶにしても、こんなイベント会場のように広いスペースでゆっくり見ることができるのだ。

「これも素敵……」

Aラインのビスチェタイプのウエディングドレスは、腕から胸もと一帯がレースのフリルのデザインになっていてやわらかい印象を与える。何重にも重ねられたチュール素材のドレス表面には、よく見ると花の刺繍が入っているデザインだ。

「澪花には、こっちの華やかなドレスも似合うだろうな」

一緒にドレスを見て回る蓮斗さんは、隣のドレスに目を向けている。

プリンセスラインのドレスは、ドレス全体がレースのデザインになっていて目を引く華やかさだ。

「こちらはナイロンメッシュといいます特殊な素材を使用しておりまして、このようにボリューミーな形が演出されております」

ドレスコーディネーターのスタッフが、丁寧に説明をしてくれる。質問をすればなんでも答えてくれるのもありがたい。

「澪花さん、こっちのドレスはどうかしら？」

向こうからお義母様に呼ばれ、蓮斗さんとともに向かう。

お義母様は今見ていたふんわりしたドレスではない、マーメイドラインの上品なデザインのドレスの前に立っていた。

「イタリアの有名ドレスデザイナーの新作よ。澪花さん、スタイルがいいから、マーメイドライン絶対似合うわよ」

「いえ、そんなことは！　でも、すごく素敵ですね」

「ねぇ、素敵よね」

マーメイドドレスでお義母様と盛り上がり始めると、横から蓮斗さんが「いや」と割って入る。

「あまり体のラインが出るのはダメだ」

蓮斗さんの意見に、お義母様は「えぇ？」と蓮斗さんを見上げる。

「なに言ってるの、マーメイドラインのドレスは着る人を選ぶのよ？　澪花さんは絶対似合うわ。そんなところで束縛夫発揮しないで」

「澪花のスタイルがいいことを知ってるのは俺だけで十分。多くの招待客の前で披露する必要はないということ」

「結婚式は新婦が主役も同然よ？　美しさが引き立ってなにが悪いの」

なぜだかドレス選びで親子の言い合いが始まり、慌てて「あのっ」と声をあげた。

「私は、どれも素敵で着てみたいので、皆さんの意見を参考に決められたらと……」

口を挟むのは申し訳ないと思いつつ、角が立たないように提案してみる。

お義母様が素敵なマーメイドドレスを私に着てほしいと言ってくれたこともうれしいし、蓮斗さんがドレス姿を慎重に検討してくれていることもうれしい。

「そうよね、澪花さん。ほら、蓮斗、澪花さんだって――」

穏便に話をまとめようとしたものの、お義母様と蓮斗さんの言い合いは続き、私は微笑みながら静かにふたりを見守っていた。

ドレス見学を終えると、お義母様は次の予定があり「また連絡するわ」と立ち去っていった。

「澪花、チャペルを見に行ってみよう。まだ見たことないだろう？」

「はい、まだ本物はないです。見たい！」

ホテル・タチバナのチャペルは、ホテルから海に向かって伸びた独創的な造りで、〝海と空のチャペル〟と呼ばれている。

バージンロードから真っすぐ正面には、海と空の境界線を望むことができる。季節や天気、時刻によってさまざまな表情を見せるのも魅力的だそうだ。

「今、ちょうどチャペルが空いているらしいから、今ならじっくり見られる」

ホテルからチャペルへと向かう廊下を歩いていくと、少し前に挙式があったらしく、招待客らしき人々とすれ違う。

これからホテル内の披露宴会場に向かうのだろう。

チャペル入口に到着すると、中ではスタッフたちがいそいそと片づけや清掃を行っていた。

蓮斗さんが現れると、みんな手を止め頭を下げる。

「澪花、おいで」

蓮斗さんが私の背に手を添え、腰を抱いてエスコートしてくれる。優しい眼差しと目が合い、きゅんと胸が震えた。

「わぁ……綺麗」

数十メートルあるバージンロードの先には、青い海が広がる。

バージンロードの途中からはガラス張りになっていて、ガラスの祭壇の向こうには空と海がとけ合う水平線が広がっている。

大きな窓から入り込む自然光が白いチャペルを光らせているようだった。

蓮斗さんに連れられ、ともにバージンロードを歩いていく。祭壇の前まで行き足を止めた。

「ネットの画像では見ていましたが、実際に来てみるとスケールが……」

「うちの親の強い希望でうちで挙式披露宴をすることになるが、澪花は式を挙げたい場所はほかになかったか？」

「え？ ないですよ。むしろ、私の人生でタチバナのチャペルで結婚式を挙げられるなんて考えもしなかったので、逆にいいのかなって思っているほどで……」

もっと言えば、結婚自体私の人生には無縁だと思っていた。

蓮斗さんと出会って、私の人生は一変したのだ。

「そうか。澪花にもし別の希望があるなら、ここでの式とは関係なく、ふたりだけの式を挙げてもいいと思ってる」

「そ、そんな!」

「ないのか? 例えば、海外での挙式に憧れていたとか」

「ないです、ないですよ!」

驚いたせいで声のボリュームが上がってしまう。チャペル内に私の声が響き渡った。

「あの、そんなふうに考えてくださっていたことはうれしいです。でも、本当になにもなくて」

「本当か? 澪花は俺に遠慮している部分もあるだろうから」

「ありがとうございます。でも、本当にないです。私は、蓮斗さんと式を挙げられることがうれしいですから、それ以上のものを望んでないです」

蓮斗さんはくすっと笑って、私の髪に顔を寄せる。そして、耳もとに近づいた。

「ここで、澪花と愛を誓える日が楽しみだ」

ささやくような声に「はい」と答えながら、挙式当日に思いを馳せ、目の前に広がる景色を見つめていた。

「んー……」

その日の晩。

蓮斗さんに借りたタブレット端末を手に、ベッドに転がりながら眺めているのは昼間間近で見てきたウエディングドレスの写真。

限られた時間では決めることができず、後日また行くことになった。

実物は今日見て候補は絞ってきたから、あとは決めるだけだけれどなかなか決められない。

ウエディングドレス以外にも、披露宴で衣装直しするカラードレスも選ばなくてはならないし、決めることはまだまだ山積みだ。

「起きてたか」

タブレットと睨めっこしていると、寝室のドアが開き蓮斗さんが顔を出す。さっきまではスーツ姿のままだったけれど、今はリラックスしたTシャツの部屋着姿だ。

今日はウエディングドレスとチャペルの見学の後、蓮斗さんは仕事に戻っていた。

「はい。お仕事は終わりましたか？」

「ああ、もう今日は終わりだ」

「お疲れさまです」

私の隣にやって来た蓮斗さんは、見ているタブレットの画面をのぞき込む。

「決められそうか？」

「そうですね……まだ悩んでます」

「澪花の一番着たいドレスを選べばいい。それだけだ」

「そうですけど……」

自分の希望よりも、やっぱり蓮斗さんやお義母様がいいと言ったものを選びたい気持ちが強い。

「澪花のことだから、俺や母がいいと言ったものがいいんじゃないかと思っているんだろう？」

私の思考が完全に読まれていて驚く。

それが顔に出てしまったのか、蓮斗さんは「やっぱりな」と笑った。

「周りの意見も大事だけど、着るのは澪花なんだ。澪花が決めたドレスを俺は着てもらいたい」

「そうですよね。でも、私はどれも着てみたくて、本当に悩んでいるというか……。だから、蓮斗さんやお義母様が客観的に見ていいと思ったものを着られたらなって考えているんですけど、それでも悩んでしまっていて……」

タブレットを操作して、蓮斗さんが似合うと言ってくれたドレス、お義母様が似合うと言ってくれたドレスを眺める。

蓮斗さんが隣でふっと笑った。

「澪花がどれも着てみたいなら、選んだものすべて着ればいい」

「えぇ？　全部って、そんなことは」

「お色直しの回数を増やせばいいだろう。披露宴の時間も対応できる。ウエディングフォトもすべて撮影すればいい」

普通ではありえないことをさらっと言われて、蓮斗さんがすごい人だったことを改めて再確認する。

蓮斗さんは「そうしよう」と言って、私の手からタブレット端末を抜き取った。

「蓮斗さん、でも、そんな贅沢なこと」

「俺が見たいと言ったら、着てくれるだろう？」

そんな言い方をされたら、これ以上なにも返せない。

蓮斗さんはそれをわかっていて、わざとそう言ったのだ。

だから私も「わかりました」と微笑む。

「でも、もう少し考えてみますね」

「ああ、わかった」

蓮斗さんの手が髪に触れ、垂れる髪を耳にかけられる。視線を上げると不意に唇を奪われた。

「っ……蓮斗、さん？」

微笑を浮かべた蓮斗さんが私の後頭部に手を添え、ゆっくりとベッドに体を倒していく。

私を組み敷き両手を重ね合わせた。

「澪花、抱きたい」

こんなふうに蓮斗さんが私を求めてくれるのはもう何度も経験しているのに、そのたびに初めてのように鼓動が高鳴ってしまう。

「蓮斗さん」

応えるように蓮斗さんの首に両手を回す。愛される喜びを知ってしまったから、彼の体温に包まれたいし、逞しい体に触れたい。

とろけるような口づけでうっとりすると、蓮斗さんが寝室の照明を暗く落としてくれる。

暗い部屋で見つめ合い、微笑み合って触れるだけのキスを交わす。

気持ちが昂り、蓮斗さんのTシャツの裾から手を忍び込ませた。引きしまった腰から背中へ指を這わせてシャツをめくり上げていく。

「っ、澪花？」

どこか驚いたような蓮斗さんの声。私からこんなふうに積極的にくることなんて初めてだからだろう。

「嫌、ですか……？」

蓮斗さんの綺麗な顔を見つめ、背中をなでる。

見つめ合うと彼の指先も私の服の中に入ってきた。

「嫌なわけあるか。最高にぞくぞくする」

下着のホックがはずされ、背中がふっと楽になる。

蓮斗さんは噛みつくようなキスで唇を塞ぐと、私の首筋に顔をうずめて口づけた。

＊＊＊

厳しかった残暑もやっとやわらいできた十月中旬。

今日は昼過ぎで仕事を納め、澪花の待つ自宅に直帰する。

おおよその帰宅時刻を知らせておいたからか、マンションに帰ると澪花はキッチンに立ち紅茶を淹れていた。

「おかえりなさい」

帰ってきてこの笑顔に迎えられるとホッとするし、ビジネスで張りつめていた気持ちから解放される。

自分の帰るべき場所であり、帰りたい場所。人生でやっと心から安らげる場所を手に入れた。

「ただいま」

一番に澪花を腕に閉じ込め抱きしめる。

澪花の方からもぎゅっと抱きしめ返してくれた。

「早く帰れてよかったですね」

「ああ、そのために調整しておいてよかった。明日は大事な一日だからな。体力温存しておきたいだろ」

澪花はくすくすと笑って「そうですね」と言う。

「紅茶が入るので、一緒に飲みましょう」

「ありがとう。着替えてくる」

明日は、いよいよ挙式披露宴本番。

数カ月前から準備を始め、あっという間に前日になってしまった。

澪花と過ごす日々は穏やかで楽しくて、毎日が幸せに包まれている。

明日は澪花にとって最高の一日になるようにしたい。

着替えを済ませリビングに戻ると、澪花は紅茶を置いたソファ席のそばになぜか立って待っていた。

「どうした」

不思議に思いながら声をかける。

澪花はどこか真面目な顔つきで「蓮斗さん」と俺を呼んだ。

「お話が、ありまして……」

「話？　どうかしたか」

改まった様子で話があるなんて言われて、つい身構える。

澪花はじっと俺の目を見つめると、どこか意を決したように「あの」と口を開いた。

「これを……」

うしろに隠していた手が持っていたものに、思わず目を見開いた。

「数日前、検査をしたら、陽性で……」

澪花の手にあったのは、初めて実物を見る妊娠検査薬。

手渡されたそれは、真ん中の小窓に二本の線が入っている。

「陽性……え、じゃあ、澪花のおなかに、俺たちの子が？」

「はい」

突然の、なんの予告もない報告に動悸が生じる。

すかさず澪花の肩を抱き、すぐそばのソファに腰を下ろさせた。そして、横から優しく引き寄せる。

「とりあえず、立っているのはダメだ。おなかの子に障る。明日の挙式も厳しいな。延期にするか、なにか対応しないと――」

「蓮斗さん、大丈夫です」

澪花は俺を落ち着かせるように、腕の中から顔を出して微笑む。

「実は今日、産婦人科にも行ってきたんです。妊娠六週だそうです」

正式な医師の診断も受けてきたと知り、自然と澪花を抱く腕に力がこもる。

「それで、明日、結婚式を予定していることも相談してきて、普通に過ごせば問題ないと言われました」

「そうなのか？　ドレスなんて着たらおなかを締めつけて、赤ん坊に影響は？」

「そこまできつく締めつけなければ大丈夫だそうですよ。なので、明日は予定通り式を挙げられます」

　澪花は「蓮斗さん、心配性なんですね」とふふっと笑った。

「あたり前だろう。挙式披露宴をして体に負担をかけたらと……。でも、本当に大丈夫なんだな？」

「はい。無理しないように過ごします」

「でも、妊娠しているかもと思ったのは？」

「ここのところ、結婚式のことなどで忙しくしていて気にもしていなかったんですけど、生理がきてないなって気がついて。もう一カ月にもなったので、もしかしたらって調べてみたんです」

　手もとに置いた妊娠検査薬に目を落とす。くっきりと出た二本の線を見て、澪花はなにを思っただろう。今、俺が感じているような感情を抱いただろうか。

「新しい命が、ここに……」

　澪花のおなかにそっと手をのせる。

　その上に重ねるようにして彼女の手が触れた。

「はい。うれしいです、とても」

　長いまつ毛を伏せ、にっこりと微笑む澪花はいつにも増して優しい表情をしている。

彼女の顔を見つめ、改めて澪花に出会えて、好きになってよかったと思った。

「澪花も、このおなかに誕生した子も、必ず幸せにする」

「蓮斗さん……。私も、蓮斗さんと、この子を幸せにします」

見つめ合って微笑み合い、胸がいっぱいになる。

感動と喜びと、幸福しかない感情の中でしばらく澪花を抱きしめた。

エピローグ

挙式当日は空も祝福しているような快晴で、雲ひとつ見あたらなかった。

招待客がチャペルに案内された後、プランナーが控え室に声をかけに来る。

いよいよ挙式が始まる知らせに、純白のウエディングドレスに身を包んだ澪花はどこか緊張しているような面持ちをしていた。

「大丈夫か？　苦しくはないか」

どうしても昨日の報告で澪花の体調が気になる。

話を聞いた後、妊娠した女性の体について調べた。妊娠初期は無理をすれば流産する可能性もあるらしく、そんな内容を目にしたら余計心配が増してしまった。

「大丈夫です。緩めに着せてもらったので、予定よりちょっとおなか周りとか締まりがないシルエットかもしれませんが」

妊娠が発覚したこともあり、ドレスは最終的にふんわりとしたAラインのものを選んだ。

マーメイドラインのドレスが澪花に似合うと言っていた母にも、事情を伝えおなかに配慮すると話すと、ドレスより妊娠の件で大喜びだった。ドレスは出産後でも着れるのだから、澪花さんの体を第一に考えてと言っていたくらいだ。

控え室を出てチャペルへと向かいながら、澪花はそんなことを言って笑う。

「まったく問題ない。むしろ緩いくらいが安心だ」

先導していたプランナーがチャペルの手前で「こちらでお待ちください」と離れていく。インカムで中のスタッフと進行の確認を始めた様子に、入場まであとわずかな時間だと雰囲気で感じ取った。

「蓮斗さん……？」

澪花が俺を見上げて大きな目をキラキラさせている。吸い込まれそうな綺麗な日に思わず釘付けになった。

「私、蓮斗さんと、おなかにいるこの子と、今日の日を迎えられたことが幸せです」

「澪花……」

「私と出会ってくれて、選んでくれて、ありがとうございます」

出会ったばかりの頃の澪花が聞いたら、きっと驚くに違いない。

でも、そんなふうに思ってくれるようになったことがなにより幸せだ。

「それは俺も同じだ。そっくりそのまま、同じ言葉を返したい」

気持ちが昂り、澪花の頬にそっと口づける。

「生涯幸せにすると誓う。離すつもりはないから、覚悟して」

ささやきを聞いた澪花が頬を赤くして「はい」とうなずく。

そんなタイミングでプランナーがやって来て「間もなくご入場となります」と声をかけた。

澪花が腕に掴まり、チャペル前の扉前へスタンバイする。

大きく開いたチャペルは明るくまぶしくて、これから歩んでいくふたりの未来が光り輝くことを約束してくれているようだった。

Fin.

特別書き下ろし番外編

未来への願い

守衛のいる巨大な鉄門の向こうに見えるのは、ノースエリアの豪邸が並ぶ住宅街。

門が開いていくと、蓮斗さんは車をゆっくり発進させる。何度来てもこの門構えには毎度驚いてしまう。

蓮斗さんの運転で向かっているのは、久しぶりに訪れる蓮斗さんのご実家。

後部座席の私の隣では、生まれて三カ月になる息子の颯真《そうま》がチャイルドシートでおとなしくしている。

出産後、ご実家を訪れるのはこれが初めてのことだ。

「颯真は？　もしかして寝たか？」

ルームミラー越しに蓮斗さんと目が合う。

マンションを出る前に授乳をしておなかいっぱいになったし、颯真が静かにしているから眠ってしまったと思ったのだろう。

「いえ、起きてますよ。目ぱっちり」

颯真は窓の方を見ている。どうやら空を見ているようで、機嫌よさそうに足をバタバタ動かしているのがかわいい。このむちむちの脚がたまらない。

「もう着くから、そのまま起きていればいいが」

「そうですね。急に寝始めるときもあるし」

そんな話をしているうち、車は蓮斗さんのご実家に到着する。自動で開く大きな門を車のまま入っていき、屋敷に向かって進む。

駐車場に車が停まると、チャイルドシートの颯真を抱き上げた。

蓮斗さんが後部座席のドアを開けに来てくれる。子どもが生まれても、それは出会った頃から変わらずだ。

「ありがとうございます」

「足もと、気をつけて」

なにも言わなくても、私が颯真を抱いていれば荷物を持ってくれる。そのたびに『すみません』や『ありがとうございます』と口にすれば、蓮斗さんは謝ったりお礼を言ったりすることじゃないと言う。

でも、こんなふうに気にかけてもらえることはあたり前ではないと思っている。人によっては、蓮斗さんみたいに協力的じゃない男性も世の中にはたくさんいるだろうから。

「いらっしゃい、よく来たわね」

広く天井の高い玄関に入ると、奥の廊下からお義母様の姿が見えてくる。続いてお義父様も顔を見せた。

「おお、一カ月見ないと大きくなった感じがするな」

出産後、退院して少しした頃、新生児の時期に義両親は颯真に会いに来てくれた。その後、生後二カ月の頃にも一度、そして今月は初めてこちらからご実家を訪問する形で、一カ月に一度ほどのペースで颯真の成長を見守ってくれている。

「ご無沙汰しております」

「来てくれてうれしいわ。澪花さん、上がって。蓮斗も入りなさい」

お義母様はリビングに踵を返しながら「お茶にしましょう」と言って、そばで控えている使用人に「お願いね」と微笑んだ。

広さも天井の高さも私の実家のリビングの数倍はあるここは、何度訪れても慣れずに落ち着きなくキョロキョロしてしまう。

初めて訪れたときはまだお義母様に認めてもらう前で、このリビングは緊迫した空気に包まれていた。

まさか、蓮斗さんと自分との子を連れてきて、こんなふうに笑顔あふれる空間になるなんて、あのときの私は思うはずもなかった。

ソファ席に案内されてほどなくして、使用人の方が紅茶とモンブランを運んできてくれた。

私たちが到着する直前にホテル・タチバナから届いたという季節のモンブランは、専属パティシエによる作りたて。外見のフォルムはもちろん、栗のまろやかな甘さが絶品のスイーツだった。

「でも、こんなに早く孫の顔が見られるとは思いもしなかったわ」

お義母様は颯真を腕に抱き、そろりとソファに腰を下ろす。

普段はひとりで育児をして大変だろうからと、会ったときは颯真の世話を進んでしてくれる。今日もそれに甘えて、颯真はお義母様にずっと抱っこしてもらっている。

颯真が目をぱっちり開けてお義母様をじっと見上げていて、お義母様はにこりと笑って「颯真〜」と呼びかけた。

「蓮斗によく似ているわね」

ぽつりとお義母様の口から言葉がこぼれ、ふと隣にいる蓮斗さんに目を向ける。彼はとくに表情を変えることなく、お義母様を見つめていた。

「本当ですか？」

「ええ、そっくりよ。このくらいのとき、よくこうして抱っこして顔を見ていたわ」

もう三十年以上も前のことだけど、颯真の誕生で当時のことをより色濃く思い出しているのかもしれない。

「俺が生まれてすぐの頃には、もう仕事が忙しかったのでは？」

蓮斗さんがそう聞くと、お義母様はふふっと笑う。

「産んだばかりのあなたを、すぐ人に任せていたんじゃないかって？　あなたが三歳になるまで、外には出ずずっと一緒にいたわ」

お義母様が言った通り、蓮斗さんは自分は生まれてすぐに他人に任されて育ったのだと思っていたのだろう。

でも、お義母様は蓮斗さんが三歳になるまで一番近くで成長を見てきたのだ。

「こうして、何時間でも飽きずに見ていられたもの」

お義母様の颯真を見つめる優しい表情に釘付けになってしまう。

蓮斗さんはそれ以上なにも聞くことなく、颯真とお義母様を眺めていた。

「どれ、一カ月ぶりに抱っこさせてくれ」

お義母様の横からお義父様が颯真を覗き込む。

「ええ、あなた大丈夫？　ちゃんと抱けるの？」

「なにを言うんだ、大丈夫だ」

「この間もひやひやしながら見てたのよ」

義両親の仲睦まじい様子を前に、ほっこりと気持ちが和む。

お義母様が「泣かさないでよ」なんて言いながら、颯真をお義父様にバトンタッチする。颯真は機嫌がよく、お義父様に抱かれても声をあげることはなかった。

「颯真のきょうだいは欲しいと思っているの？」

お義母様からの突然の質問にどう答えたらいいのかわからず、隣の蓮斗さんを見る。そういえば、そんな話は今までしたことなかった。

気づけばおなかに颯真を妊娠していたから、子どもをつくろうとか欲しいとかそんな話をしたわけではなかった。きょうだいについても、まだ話したことはない。

「授かれるなら、俺は欲しいと思ってます。でも、妊娠出産で負担があるのは澪花ですから、澪花の気持ちを尊重して夫婦で話し合いたいと」

私を気遣った蓮斗さんの返答に、お義母様は「そうね」と微笑む。

「夫婦でよく話して、ゆっくり決めればいいわ。まぁ、これぱかりは望んでもわからないことだから、神のみぞ知るってところね」

お義母様はふふっと笑って、お義父様が抱く颯真に向かって「ね～？」と同意を求めた。

「女の子の孫もかわいいだろうな。もし次、下の子が生まれるなら」

お義父様がそんなことを口にし、お義母様が「そうね！」と声を弾ませる。

「女の子は女の子で、また違うかわいさがあるわよね。お洋服もかわいいし、楽しみが増えそうね」

義両親が颯真の妹が生まれたらという話で盛り上がり始め、蓮斗さんと私はその様子を静かに見守っていた。

お昼過ぎにご実家を訪問し、夕方には帰る予定でいたけれど、義両親に一緒に夕食を取ろうと誘われてごちそうになってきた。

帰宅後すぐに颯真をお風呂に入れて授乳をすると、十九時過ぎには眠りについた。

まだ夜中に数度は起きて授乳をするから、今日の感じだと日付が変わる前に泣いて起きる気がする。

リビングに出ていくと、ソファでタブレット端末を手にしていた蓮斗さんが「眠ったか」と聞いた。

「はい。出かけたし、疲れたのかもしれないですね」

「澪花も気を使って疲れただろう。座って、紅茶でも淹れよう」

「すみません、ありがとうございます」

私をソファに座らせ、代わりに立ち上がった蓮斗さんがキッチンに入っていく。

しばらくすると、ミルクティーの入ったカップが目の前に置かれた。

授乳中の私でも安心して飲めるカフェインレスの紅茶に、ミルク多めのミルクティー。私がミルクティーが好きだと知ってから、蓮斗さんがよく淹れてくれる。

「ありがとうございます。おいしそう」

早速口をつける。甘めで私の好みの味だ。ミルクが濃くておいしい。

「お義父様もお義母様も変わらずお元気でよかったです。また、いつでも遊びに来てと言ってましたね」

「ああ。颯真が生まれてから、ふたりともやわらかくなった気がする」

たしかに孫の誕生で、おふたりの様子に変化があったと私も感じている。

「それに、今日は意外な話を聞けた」

「え？　意外な話、ですか？」

「母が、俺が三歳まで自分の手で育てていたと」

あの話を聞いていたときの蓮斗さんの表情を思い出す。同時に、お義母様の優しい顔も蘇った。

「覚えていないだけで、愛情は注がれていたんだと。……少し、以前の自分の発言を反省した」

息子として見てもらえていない。そう感じたこともあったと、蓮斗さんは話してくれていた。

でも、自分たちが子を持ち、親の気持ちを知ることもあるだろう。

胸がきゅっとなって、蓮斗さんに寄り添い両手で抱きしめる。

かける言葉は出てこない。だけど、ただぎゅっと抱きしめたくなった。

「澪花、両親がプレッシャーをかけるようなことを口にして悪かった」

「え？ ああ、子どものことですか？」

「颯真を産んでまだ三カ月だというのに、きょうだいの話なんて気が早いだろう」

少し体を離して見上げた蓮斗さんは、どこか弱ったような微笑を浮かべている。

「いえ、大丈夫です。そうやって義両親にも望んでもらえることは、ありがたいことですし」

「でも、澪花の気持ちと体が最優先だ」

「ありがとうございます。私は颯真に妹か弟ができたらうれしいなって思ってます」

出産して三カ月。体がつらかったり、育児は大変だと日々感じたりするけれど、こんなにかわいい我が子がもうひとり、ふたり生まれてきたら最高に幸せだと思う。

今度は蓮斗さんの方が私に腕を回し抱き寄せる。私からも腕を回し直した。

「本当に？」

「はい。本当です。蓮斗さんは……？」

「俺も澪花と同じ。家族が増えたらいいなって、そう思ってる」

蓮斗さんと思いが一致していることがなによりうれしい。

確かめ合うように顔を合わせ、互いの顔に笑みが浮かぶ。

どちらからともなく唇を重ね、いつまでもこの幸せが続いていくことを願った。

Fin.

あとがき

こんにちは、未華空央です。

このたびは『契約夫婦はここまで、この先は一生溺愛です～エリート御曹司はひたすら愛して逃がさない～【極甘婚シリーズ】』をお手に取っていただき、このページまでお読みいただきありがとうございます。

今作は、極甘婚シリーズ第一弾として、架空の街〝ベリが丘〟を舞台に書かせていただきました。

素敵な街を思い描きながらの執筆は、私のベリーズ文庫様デビュー作『俺様副社長のとろ甘な業務命令』を思い出しました。この作品も今作と同じく、架空のビルを舞台にお話を創造するコンテストだったので、どこか懐かしく新鮮な気持ちにもさせてくれました。

ベリが丘はまさに憧れの詰まった街で、編集部様が考えた舞台を自分なりに頭の中で繰り広げてお話を書くのがすごく楽しかったです。ホテル御曹司の蓮斗に出会った澪花のシンデレラストーリー、お楽しみいただけましたら幸いです。また、来月以降刊行されます作家様のベリが丘を舞台にした極甘婚シリーズも、どうぞ引き続きお楽しみください。

今作を執筆するにあたり大変お世話になりました、ベリーズ文庫編集部の皆様、極甘婚シリーズ第一弾を書かせていただき、大変貴重な機会をくださりありがとうございました。美麗なカバーイラストを手掛けてくださいました北沢きょう先生、デザイナー様、本書を刊行するにあたり携わってくださいましたすべての皆様に感謝申し上げます。

そして、いつも未華作品を読んでくださる皆様、初めて未華作品に触れてくださった皆様、今このあとがきを読んでくださっているあなた様に心から感謝を込めて……。

またこうしてご挨拶できる日を夢見て、筆をとり続けます。

未華空央《みはなそらお》

未華空央先生への
ファンレターのあて先

〒104-0031
東京都中央区京橋1-3-1
八重洲口大栄ビル7F
スターツ出版株式会社　書籍編集部　気付
未華空央先生

本書へのご意見をお聞かせください

お買い上げいただき、ありがとうございます。
今後の編集の参考にさせていただきますので、
アンケートにお答えいただければ幸いです。

下記URLまたは二次元コードから
アンケートページへお入りください。
https://www.ozmall.co.jp/enquete/IndexTalkappi.aspx?id=2301

ベリーズ文庫

この物語はフィクションであり、
実在の人物・団体等には一切関係ありません。
本書の無断複写・転載を禁じます。

契約夫婦はここまで、この先は一生溺愛です
～エリート御曹司はひたすら愛して逃がさない～
【極甘婚シリーズ】

2024年5月10日　初版第1刷発行

著　者　未華空央
©Sorao Mihana 2024
発行人　菊地修一
デザイン　hive & co.,ltd.
校　正　株式会社鷗来堂
発行所　スターツ出版株式会社
〒104-0031
東京都中央区京橋1-3-1　八重洲口大栄ビル7F
TEL　03-6202-0386（出版マーケティンググループ）
TEL　050-5538-5679（書店様向けご注文専用ダイヤル）
URL　https://starts-pub.jp/
印刷所　大日本印刷株式会社

Printed in Japan

乱丁・落丁などの不良品はお取替えいたします。
上記出版マーケティンググループまでお問い合わせください。
定価はカバーに記載されています。

ISBN 978-4-8137-1580-1　C0193

ベリーズ文庫 2024年5月発売

『女嫌いの天才脳外科医が激愛に目覚めたら～17年脈ナシだったのに、容赦なく独占されてます～』 滝井《たきい》みらん・著

真面目OLの優里は幼馴染のエリート外科医・玲人に長年片想い中。猛アタックするも、いつも冷たくあしらわれていた。ところある日、無理して体調を壊した優里を心配し、彼が半ば強引に同居をスタートさせる。女嫌いで難攻不落のはずの玲人に「全部俺がもらうから」と昂る独占愛を刻まれていって…!?

ISBN 978-4-8137-1578-8／定価759円（本体690円＋税10%）

『クールな御曹司と初恋同士の想い想われ契約婚～愛したいのは君だけ～』 惣領莉《そうりようり》沙《さ》・著

会社員の美緒はある日、兄が「妹が結婚するまで結婚しない」と誓っていて、それに兄の恋人が悩んでいることを知る。ふたりに幸せになってほしい美緒はどうにかできないかと御曹司で学生時代から憧れの匠に相談したら「俺と結婚すればいい」と提案されて!?　かりそめ妻なのに匠は蕩けるほど甘く接してきて…。

ISBN 978-4-8137-1579-5／定価748円（本体680円＋税10%）

『契約夫婦はここまで、この先は一生溺愛です～エリート御曹司はひたすら愛して逃がさない～【極甘婚シリーズ】』 未《み》華空《はなそら》央《お》・著

恋愛のトラウマなどで男性に苦手意識のある澪花。ある日たまたま訪れたホテルで御曹司・蓮斗と出会う。後日、澪花が金銭的に困っていることを知った彼は、契約妻にならないかと提案してきて!?　形だけの夫婦のはずが、甘い独占欲を剥き出しにする蓮斗に囲われていき…。溺愛を貫かれるシンデレラストーリー♡

ISBN 978-4-8137-1580-1／定価748円（本体680円＋税10%）

『別れを決めたので、最後に愛をください～60日間のかりそめ婚で御曹司の独占欲が溢れ出す～』 森野《もりの》りも・著

OLの未来は幼い頃に大手企業の御曹司・和輝に助けられ、以来兄のように慕っていた。大人な和輝に恋心を抱くも、ある日彼がお見合いをすると知る。未来は長年の片思いを終わらせようと決心。もう会うのはやめようとするも、突然、彼がお試し結婚生活を持ちかけてきて！未来の恋の行方は…!?

ISBN 978-4-8137-1581-8／定価748円（本体680円＋税10%）

『離婚前提婚～冷徹ドクターが予想外に溺愛してきます～』 真彩《まあや》-mahya-・著

看護師の七海は晴れて憧れの天才外科医・圭吾が所属する循環器外科に異動が決定。学生時代に心が折れかけた七海を励ましてくれた外科医の圭吾と共に働けると喜んでいたのも束の間、彼は無慈悲な冷徹ドクターだった！　しかもひょんなことから契約結婚を持ち出され…。愛なき結婚から始まる溺甘ラブ！

ISBN 978-4-8137-1582-5／定価748円（本体680円＋税10%）

ベリーズ文庫 2024年5月発売

『双子パパは今日も最愛の手を緩めない～再会したパイロットに全力で甘やかされています～』 白亜《はくあ》凛《りん》・著

元CAの茉莉は旅行先で副操縦士の航輝と出会う。凛々しく優しい彼と思いが通じ合い、以来２人で幸せな日々を過ごす。そんなある日妊娠が発覚。しかし、とある事情から茉莉は彼の前から姿を消すことに。「もう逃がすつもりはない」――数年後、一人で双子を育てていると航輝が目の前に現れて…!?

ISBN 978-4-8137-1583-2／定価748円（本体680円＋税10%）

『拝啓、親愛なるお姉様。裏切られた私は王妃になって溺愛されています』 友野《ともの》紅子《こうこ》・著

高位貴族なのに魔力が弱いティーナ。完璧な淑女である姉に比べ、社交界デビューも果たせていない。そんなティーナの危機を救ってくれたのは、最強公爵・ファルザードで…!?　彼と出会って、実は自分が"精霊のいとし子"だと発覚！まさかの溺愛と能力開花で幸せな未来に導かれる、大逆転ラブストーリー！

ISBN 978-4-8137-1584-9／定価759円（本体690円＋税10%）

ベリーズ文庫 2024年6月発売予定

Now Printing

『愛の街～内緒で双子を生んだのに、エリート御曹司に捕まりました～』 皐月《さつき》なおみ・著

双子のシングルマザー・有紗は仕事と育児に奔走中。あるとき職場が大企業に買収される。しかしそこの副社長・龍之介は2年前に別れを告げた双子の父親で…。「君への想いは消えなかった」――ある理由から身を引いたはずが再会した途端、龍之介の溺愛は止まらない！　溢れんばかりの一途愛に双子ごと包まれ…！

ISBN 978-4-8137-1591-7／予価748円（本体680円＋税10%）

Now Printing

『タイトル未定（CEO×ひたむき秘書）』 にしのムラサキ・著

世界的企業で社長秘書を務める心春は、社長である玲司を心から尊敬している。そんなある日なぜか彼から突然求婚される！　形だけの夫婦でプライベートも任せてもらえたのだ！と思っていたけれど、ひたすら甘やかされる新婚生活が始まって!?　「愛おしくて苦しくなる」冷徹社長の溺愛にタジタジです…！

ISBN 978-4-8137-1592-4／予価748円（本体680円＋税10%）

Now Printing

『タイトル未定（財閥御曹司×薄幸ヒロイン　幼なじみ訳あり婚）』 吉澤《よしざわ》紗《さ》矢《や》・著

幼い頃に母親を亡くした美紅。母の実家に引き取られたが歓迎されず、肩身の狭い思いをして暮らしてきた。借りた学費を返すため使用人として働かされていたある日、旧財閥一族である京極家の後継者・史輝の花嫁に指名され…!?　実は史輝は美紅の初恋の相手。周囲の反対に遭いながらも良き妻であろうと奮闘する美紅を、史輝は深い愛で包み守ってくれて…。

ISBN 978-4-8137-1593-1／予価748円（本体680円＋税10%）

Now Printing

『100日婚約～意地悪パイロットの溺愛攻撃には負けません～』 藍里《あいさと》まめ・著

航空整備士の和葉は仕事帰り、容姿端麗でミステリアスな男性・慧に出会う。後日、彼が自社の新パイロットと発覚！エリートで俺様な彼に和葉は心乱されていく。そんな中、とある事情から彼の期間限定の婚約者になることに!?　次第に熱を帯びていく彼の瞳に捕らえられ、和葉は胸の高鳴りを抑えられず…！

ISBN 978-4-8137-1594-8／予価748円（本体680円＋税10%）

Now Printing

『溺愛まじりのお見合い結婚～エリート外交官は最愛の年下妻を過保護に囲い込む～』 Yabe・著

小料理屋で働く小春は常連客の息子で外交官の千隼に恋をしていた。ひょんなことから彼との縁談が持ち上がり二人は結婚。しかし彼は「妻」の存在を必要としていただけと聞く…。複雑な気持ちのままベルギーでの新婚生活が始まると、なぜか千隼がどんどん甘くなって!?　その溺愛に小春はもう息もつけず…！

ISBN 978-4-8137-1595-5／予価748円（本体680円＋税10%）

タイトル、価格等は変更になることがございますのでご了承ください。